今野 浩

Hiroshi Konno

工学部ヒラノ教授の介護日誌

工学部ヒラノ教授の介護日誌　目次

第一部　在宅介護

第二部　施設介護

工学部ヒラノ教授の介護日誌

第一部　在宅介護

1　嵐の前

「アメリカはもう御免だわ」と言っていた妻の道子が、珍しく首をたてに振ったのは、昨年のオランダ旅行が、ことのほか楽しかったせいだろう。四年に及ぶアメリカ暮らしで、すっかりアメリカ嫌いになった道子は、度重なる私の誘いを断り続けてきたが、このときは「裕二にも、アメリカを見せてあげなくちゃいけないわね」と言い訳しながら、スタンフォード大学への出張に同行することになったのである。

そこで、普通であれば安モーテルに泊まる男は、ウェスティン・ホテルを予約し、仕事が終わったあとは、カリフォルニア・オレゴン旅行を計画した。

病弱な少女時代を送ったというのが嘘のように、道子はここ一〇年ほど風邪ひとつひかないくらい元気だった。長男の健一は博士課程で修学中。長女の麗子は大手生保の総合職。そして次男の裕二は、中高一貫私立中学校の二年生。家族の将来には一点の曇りもなかった。

私は長いスランプから脱け出し、二年前に発見した鉱脈から、大小さまざまな宝石を掘り出すことに成功した。今回のアメリカ出張の目的は、それらの中で最も価値がある「平均・絶対偏差モデル」を、留学時代の指導教官であるジョージ・ダンツィク教授にお見せすることである。

経済学者からは、「このモデルは、(ノーベル経済学賞を受賞した)マーコビッツの『平均・分散モデル』のまがい物だ」と批判された。しかし、ダンツィク教授をはじめとするスタンフォードのエンジニアは、日本産の宝石を手放しで褒めてくれた。

セミナーでの講演を終えた後、われわれはレンタカー(キャデラック)で「ヨセミテ国立公園」に向かった。公園の入り口付近にある一〇〇〇メートルの絶壁「エル・カピタン」、側面に屹立する「ハーフ・ドーム」、そして渓谷の奥に位置する八〇〇メートルの「ヨセミテ滝」は、何度見ても新たな感動を運んで来た。

その晩は、谷の中心部にあるコテージで一泊。翌日は渓谷の上に出て、タイオガ・パスの針葉樹林をドライブしたあと、摂氏四五度の酷熱の中、国道五号線を北上して、オレゴン・コーストのモーテルでもう一泊。三日目は、太平洋岸を走る国道一号線を南に下り、ゴールデンゲート・ブリッジを渡ってサンフランシスコに戻った。

帰りの飛行機の中で道子は言った。

「こんなに楽しい旅行ははじめてよ」

「それはよかった。これからも時々一緒に来ようか」

「いいわね。次はどこなの？」

「来年は、ニューヨークとリスボン。再来年は、バンクーバーとロンドン」

「リスボンには行ってみたいわ」

「分かった。ロンドンはどうする？」

「飛行機は年に一回でいいわ」

「あの事故からもう二三年経ったんだね。それにしても君は運が強い女だなぁ。肺炎で三回、飛行機事故で一回、合計四回も死にそこなったんだから」

一九六八年一一月二二日、道子と二人の子供が乗っていたＪＡＬ〇〇一便がサンフランシスコ湾に墜落した時、飛行場で待っていた私は茫然自失した。全員無事という知らせが入るまでの二時間余り、私の頭の中は真っ白だった。

翌朝のサンフランシスコ・クロニクル紙の一面には、〝一〇〇万分の一の奇跡〟という文字が踊っていた。この事故の後一〇年以上、私は白骨を抱きながら寝ている夢を見た。

道子は、三〇代半ばになって生まれた裕二にかかりきりだった。しかし、中学生になったからには、少し距離を置いた方がいい。そこで手初めとして、昨年春の福岡出張に引っ張り出した。私が九州大学で集中講義をやっている五日間、道子は大宰府天満宮や博多湾周遊などを楽しみ、夜は新鮮な魚介料理に舌鼓を打った。

また昨年秋には、アムステルダムで開かれた国際会議の機会に、ビジネス・クラスを餌に誘ったところ、「オランダなら行ってもいいわ」と即答し、一週間にわたって「ゴッホ美術館」や「アンネ・フランクの生家」などをまわり、一七年前のウィーン生活以来のヨーロッパをエンジョイした。

カリフォルニア・オレゴン旅行を終えて気が抜けたせいか、道子は飛行機の中で良く眠っていた。そして帰国後に、本格的な時差ボケに罹った。

「アムステルダムのときは、なんともなかったのにね」

「飛行機の中で眠り過ぎたんだよ。時間をかけて直すしかないね」

「でも、週末には大泉に行かなくちゃ」

八ヶ岳山麓の大泉村には、三年前に亡くなった母が残してくれた別荘があった。別荘といえば立派な印象を与えるが、実際には六畳、四畳半と台所という古い小舎である。小海線の大泉駅から徒歩一〇分のところにある山小屋は、丸二〇年間全く手入れをしなかったため、屋根が垂れ下がっていた。

〝なるべく早く、ガタピシ小屋を取り壊して新しい別荘を建て、学生たちを招いてバーベキユー・パーティーを開きたい〟。しかし、二〇人の学生を収容できる別荘を建てるには、二〇〇〇万円くらいの資金が必要である。

残念ながらそのようなお金はないし、すでに私は一五〇〇万円の借金を抱えていた。一五年前に筑波大学に採用されたときに買った、流山のマンションのローンが一〇〇〇万円、五年前に購入した筑波の土地のローンが五〇〇万円である。

一九八二年に、東京工業大学への転勤が決まったところで、この土地を売ろうとしたが、買い手はつかなかった。ところが八〇年代後半に大バブルが発生し、筑波の一等地は坪一〇〇万を越えた。そこで坪五〇万で売りに出したが、このときも買い手はつかなかった。

兄と弟に時価の三分の一ずつ支払って、別荘を手に入れたのはこの後間もない頃である。なるべく早く建替えて、学生たちとバーベキューをやりたいが、手持ち資金はほとんどない。

一年前には株価が暴落し、土地価格もそれにつられて下がり始めていた。坪四〇万で売れれば上々だと思いながら、かねて付き合いのある不動産屋に相談したところ、意外にもこれが坪六五万で売れたのである。

契約書に判を押したあと、三三という数字のあとにゼロが六つ並んだ小切手を受け取っても、現金化できるかどうか半信半疑だった。ローンの残金と税金、そして不動産屋に礼金を払った後に残ったのは、一九〇〇万円という大金だった。

それにしても、あの頃のバブルは凄まじいものだった。そして多くの人がバブル崩壊に泣いた。しかしその一方で、これで儲けた人も居たのである。深川の小料理屋や酒屋のおかみたちは、「地上げ屋に土地を取り上げられた」と嘆いていたが、その実、手に入れた数億円のキャッシュで千葉や埼玉に豪邸を建て、残りのキャッシュで悠々と暮らしていた。かく言う私も、バブルの勝ち組の一人だったのである。

土地が予想以上の高値で売れたことを知った時、道子は大歓声をあげた。

「六〇〇〇万円で買った土地が、三三〇〇〇万円で売れるなんて、驚きだわ。あなたには利殖の才があるのね」

「たまたま運が良かっただけだよ。税金とローンの残金を払ったあと、一九〇〇〇万円くらい残るから、それをつぎ込んで山小屋を建て替えよう」

「嬉しいわ。どんな家がいいかしら」

「そのあたりは君に任せるよ」

このあと道子は、地元の別荘業者「泉郷」と相談しながら、一夏かけて別荘の設計図を書いた。小学生時代から図画・工作が得意だったから、生物学科ではなく建築学科かデザイン学科に進んでいれば、成功していたかもしれない。

泉郷の担当者によれば、一九〇〇〇万円で建てることが出来るのは、二〇坪が限界だという。

何十枚もの設計図を書いたあと、最終的にまとまったのは、六畳の和室、八畳の洋間、一二畳ほどのリビングと、大き目のベランダ。そしてベランダの下に、バーベキュー・セットなどを格納する倉庫、というプランだった。

〝これでは二〇人の学生を泊めることは出来ない。しかし広い庭があるから、昼にバーベキュー・パーティーを開くには十分だ。夜は「泉郷」の会員特典を利用して、貸し別荘に割引料金（一人一泊五〇〇〇円程度）で泊まってもらえばいい――〟。

アメリカ旅行から帰った後、道子は現地で建築業者と最終打ち合わせをすることになっていた。どれほど設計に時間を費やしたか知っている私は、時差ボケが回復しないことを心配しながらも、道子に付き合うことにした。

別荘は一九九二年三月に完成した。ゴールデン・ウィークにはじめて別荘を訪れた道子は、「一か所だけ気に入らないところがあるわ」といいながらも、仕上がりに満足したようだった。丸三日をここで過ごした後、東京に戻る車の中で、私は不用意な言葉を発した。「われわれにとって、今が最高のときかもしれないね」と。

用心深い私は、それまでこのような言葉を口にしないよう注意してきた。それを口にすればツキが落ちてしまう。そんな映画を沢山見てきたからだ。

禁を破ったのは、ラジオからさだまさしの『主人公』という歌が流れてきたからである。

時には思い出ゆきの旅行案内書にまかせ
〝あの頃〟という名の駅で下りて〝昔通り〟を歩く
……………
あそこの分かれ道で選びなおせるならば
もちろん今の私を悲しむつもりはない
確かに自分で選んだ以上精一杯生きる
……………
あなたは教えてくれた
小さな物語でも自分の人生の中では誰もがみな主人公
時折思い出の中であなたは支えて下さい
私の人生の中では私が主人公だと

〝あの頃、昔通り〟という歌詞に感動した私は、思わず言ってはならない言葉を口にした。そして道子も、「そうかもしれないわね」と答えてしまったのである。車の中の短い会話だった。しかし復讐の女神は、この言葉を聞き逃さなかった。

2　心室頻拍

最初の事件は一カ月後に起こった。六時半に家に戻ったところ、道子の姿が見えない。結婚して以来三〇年になるが、このようなことは一度もなかった。〝買い物に行ったのか。それとも、誰かと話しこんでいるのか〟。

しかし裕二によれば、学校から帰った五時にはもう居なかったという。〝何かがあったに違いない。書き置きさえ残せなかった何かの事件が。もしかして交通事故で……〟。七時を過ぎても連絡はなかった。うろたえる父親を、裕二は異様な目で見ていた。〝おやじの責任だから探して来い、と言うのか？〟。

電話が鳴ったのは、八時を回ったころだった。緊急入院したので、身の回りのものを持ってくるようにという、「中野共立病院」からの知らせだった。容態を聞いても、〝心室頻拍〟としか教えてくれなかった。〝心室頻拍なんて、聞いたこともない病気だ〟。

集中治療室で眼にした道子は、右腕に点滴と左腕に心電計をセットされていた。心電図は、素人でも分かる異様な波形を示していた。医師によれば、薬の効果でやや収まっているが、今晩が勝負だということだった。

しばらくして目を覚ました道子は、思ったより元気で良く喋った。

「ここしばらく、息苦しくなったり、気が遠くなったりすることがあったんだけど、ただの貧血だと思っていたの」

「そうだったのか」

「小学生のころ、貧血で何度も気を失ったことがあったので、余り心配する必要はないと思っていたのね。ところが、アメリカから帰ってからしばらくして、佃島で買い物した帰りに、相生橋のスロープを上っていたところ、気が遠くなって転倒したの」

「知らなかった」

「通りかかったパトカーで家に戻ったんだけれど、健一が『それはただ事ではないから、医者に診てもらった方がいい』と言うので、裕二がお世話になっている「九段病院」で診てもらうことにしたのね」

「そんなことがあったのか」

「九段坂を登っていたところで胸が苦しくなり、やっとの思いで病院にたどり着いたら、すぐ入院しなくてはならないと言われたの。でもベッドに空きがなかったので、救急車でこの病院に運ばれてきたの」

〝これだけ口がきけるなら、すぐ死ぬようなことはないだろうが、今夜が勝負というからには、かなり悪いのだろう。何しろ相手は心臓だ〟。年配の医師は、「あまり効き目がよくないので、別の薬を試してみましょう」と言って、新しい薬を投与した。すると暫くして、心電図の波形は穏やかなものに変わっていった。

一一時過ぎに見廻りにきた医師は、「これで山は越えたようなので、あなたも家に帰って休んだ方がいい」とアドバイスしてくれた。道子は良く眠っていた。頬にも少し赤味が戻ってきたようだ。

もし健一が、医者に診てもらうよう薦めていなければ、道子の心臓はすでに止まっていたかもしれない。生後間もないころの三回の肺炎と、飛行機事故を加えれば、これで五回も死にかけたのだ。

入院は二週間に及んだ。心室頻拍というのは、悪性の不整脈のことである。私も学生時代、ラクビーの練習中に不整脈を起し、何回か心臓が止まるのではないかと思ったことがある。しかしこれは、心房の期外収縮なので命に別状はない（ということだが、本当のところはわからない）。

一方、心室の壁から心臓の鼓動を妨害するパルスが出て心拍が乱れるのが、「心室頻拍」である。一定時間以上これが続くと「心室細動」（心臓の痙攣）が起り、脳に血液が廻らなくなって急死する。いわゆる心臓麻痺である。五回続けて異常パルスが発生する「五連拍」が起こると、心室細動に繋がる恐れがあるため入院となる。

いい薬が見つかったおかげで、二週間後には退院出来たが、その後もしばしば安静にしなくてはならない状態が続いた。道子の闘病生活はこうして始まった。しかしこれは、そのほんのプレリュードに過ぎなかった。

この頃を境に、私に対する裕二の態度は急激に悪化した。私がアメリカ生活で道子に苦労をかけたことが、病気の原因だと思っているのだ。道子にとって四年に及ぶアメリカ生活、とりわけウィスコンシンでの一年は、苛酷なものだった。

小学校三年生と幼稚園児の教育問題。零下三〇度という、いまだかつて経験したことがない寒さ。お節介なアパートの管理人。研究がうまくいかないせいで、荒れている夫。日本語が通じる友人は一人も居ない。その上、親切を押し売りする大物教授夫人たちとの会食。

ウィスコンシンから、〝命からがら生還した〟道子は、「外国生活はもうお断りよ」と言っていた。しかし私はその道子を、翌年またウィーンまで引きずって行ったのだ。ウィスコンシンに比べれば、ウィーンはましだったはずである。お金に余裕があったし、市の中心部に住んでいたから、美術館巡り、ショッピング、オペラ見物などの息抜きもあった。

しかしドイツ語が話せない道子にとって、意地悪な管理人とのやりとりやPTAの集まりは、大変な負担だったはずだ。これに懲りた道子は、日本に戻ったあと、「これから外国に行くときには、あなた一人で行って下さいね」と宣言し、私もそれを了承したのである。

道子は言葉が少なく、毅然とした女だった。〝熟慮断行〟、〝後ろは振り返らない〟、〝人事を尽くして天命を待つ〟。私はこの三つが、道子に最もふさわしい言葉だと思っていた。

道子の父は東大医学部を卒業したあと、三二歳のときに千葉大学医学部小児科助教授に迎えられた。しかしその後間もなく召集を受けて、軍医としてフィリピンに渡り、一年もしないうちに、アメリカ軍の機銃掃射で命を落とした。道子が三歳になる直前である。

二人の娘を抱えた母・淑子は、実家がある静岡に戻り、二人目の女性公務員として静岡県庁に勤めた。そして、道子が小学四年生になった時に、私が住んでいたアパートの向かい側にある県営住宅に引っ越してきたのである。

色白なやせた女の子で、学校からの帰り道を一人でとぼとぼ歩いている姿を良く見かけた。しかしこの当時の私は、道子には何の関心もなかった。関心を持つようになったのは、都立日比谷高校で同期生になってからである。かつての痩せたアヒルの子は、エレガントな白鳥に成長していた。

結婚したあと聞いたところによれば、小学校時代の道子は始終熱を出し、一人布団の中で横になっていることが多かったという。三つ年上の姉・宏子は、自分のことだけで精一杯で、妹の面倒を見るゆとりはなかった。面倒を見てくれなかっただけではない。道子は熱があるのに、姉の夕食まで作っていたのだ。

教育熱心だった母・淑子は、頭がいい宏子を一流大学に入れるために上京することを決断し、産経新聞の採用試験を受けた。合格した淑子は、宏子だけを連れて東京に出た。このため中学一年生の道子は、一年以上祖母（淑子の母）の家に預けられた。戦災で財産を失った祖母と、歳が離れた叔母との三人暮らしである。

私も小学六年生の時に、母に置いてきぼりを食ったことがある。長男を日比谷高校に入れるため、夫と次男を静岡に残して上京してしまったのである。だから、道子が祖母の家に預けられていたことを知ったとき、私はこの少女がどれほど傷ついたかを理解することができた。「母を尊敬している」と言っていたが、心は離れていたのである。

中学三年になって、祖母とともに上京した道子は、姉と祖母の戦争に巻き込まれた。その後、姉の自殺未遂と家出をめぐって、母と祖母の戦争が勃発。道子は頭上を飛び交う砲弾の下で一年を過ごした。

高校生になったある日、淑子は戦争を終結させるために、祖母が留守の間に引越し業者を呼び、一切合財の荷物を静岡に住んでいる妹の家に送りつけてしまった。ただ一人の理解者を失った道子の、母に対する尊敬の念は、恐れに変わったという。

その後、母が原因不明の奇病にかかって新聞社を退職してから、道子は極限までの貧乏生活を体験した。結婚したあと私が、「君が一番嫌いなものは何?」と訊ねた時、即座に「貧乏よ」と答えたのは、このころの極貧生活がトラウマになっていたからだ。

病弱ゆえに誰にも期待されなかった娘は、我慢強く思慮深く、他人に対して多くを求めない娘に育った。また自分の心の中を他人に伝えたい、という欲求も持ち合わせなかった。

道子は、見栄や贅沢と無縁だった。お金の管理は夫に任せ、生活に必要な分しか求めなかった。家計の切り盛りはパーフェクトとはいえなかったが、予算を大きく上回る赤字を出したことは一度もなかった。祖母の家に預けられていた一年半、母親から送られてくる僅かばかりのお小遣いで、身のまわりの品を賄う中で、やりくりの術を心得たのだろう。

道子は朝の家事が終わった後、上野の美術館や博物館、そして近所の図書館などを訪れていたようだ。しかし、子供たちが学校から帰ってくる時間までには、必ず家に戻っていた。母親が家に居ない小学生時代を送った道子は、子供たちに寂しい思いをさせたくなかったのだ。

もし父親が戦死していなければ、道子は医学部教授の令嬢として、何不自由ない生活を送っていたはずだ。また父の兄、つまり道子の叔父は、一部上場大企業の社長を経て経団連副会長を務め、後に勲一等旭日大勲章を受けた財界の大立物だった。それにもかかわらず道子は、それをひけらかすことは一度もなかった。

道子は、子供たちから相談を受けた時は、適切な意見を述べる一方で、無用な干渉は避けた。また悪いことをした時には、容赦なく叱った。日本の母親は、他人の子供を叱らない人が多いが、健一や麗子本人だけでなく、悪事に加担した友達も平等に叱った。友達の間では、「健一君のお母さんはアメリカ人みたいだ」と言われていたそうだ。

大学時代の道子が、「キャリア・ウーマンを目指すつもりだ」と言っていたことを覚えている私が、「子育てだけで不満はないのか」と訊ねた時、道子は答えた。

「子供が出来てから考えが変わったの。母親業は女にとって最高の仕事だと思うわ。塩野七生さんがどこかに書いていたけれど、アレキサンダー大王やジュリアス・シーザーがあれだけ大きな仕事を成し遂げたのは、母親の教育のお蔭なんですって。子供の才能が開花するかどうかは、母親の教育がカギを握っているのよ。キャリア・ウーマンと言ったところで、どうせ男たちの下働きばかり。そんな仕事より、子育ての方がずっとやりがいがあるわ」と。

自分でも認めている通り、道子は上昇志向とは全く無縁だった。結婚当初は、これほどの才能をもちながら、それを使おうとしない道子を歯がゆく思うこともあった。しかし子供ができてから、これは大きな長所になった。

アメリカ滞在中に免許証を取ったものの、運転に向かない性格だという理由で、道子はハンドルを握ろうとしなかった。日本に帰ってからも、免許更新の手続きは行っていたが、それは運転するためではなく、身分証明書として使うのが目的だった。

このため、毎週一回の病院通いの際には、私が運転手を務めることになった。越中島の公務員住宅から六本木の「心臓血管研究所病院」までは、約四〇分の道のりである。完全予約制の病院なので、支払いや薬の処方を含めても、一〇時までには全てが終わる。

このあと一旦家に戻り、昼過ぎには大学に出勤した。八〇年代半ばから仕事が増えた私にとって、毎週月曜が半日つぶれるのは痛手だったが、この程度であれば、埋め合わせるのは難しくなかった。

医師によれば、きちんと薬を服用していれば、突然死することはないと言うことだが、インフルエンザや肺炎に罹ったらどうか。強い薬を使うことはできないから、たちまちアウトかもしれない。しかし道子は、「その時はその時よ」とアッケラカンとしていた。

一九九六年までの四年間、われわれは頻繁に大泉の別荘に通った。土曜の朝五時前に家を出て、中央高速を二時間走ったあと、長坂インターチェンジを下りれば、二〇分ほどで別荘に着く。

主治医は「薬が効いているから、普段通りの生活をすればいい」と言っていたし、道子も「心配しなくてもいい」と言ったが、万一ということはありうる。用心深い私は、道子の発病と同時に、毎日一箱以上吸っていたタバコをきっぱりやめた。何度も禁煙を宣言しながら、一カ月も持たなかったのだから、また同じことの繰り返しになると思っていた秘書は大喜びした。

またこのころを境に、私は無駄遣いをやめた。今後病状が悪化して、入院・手術が必要になった場合に備えるためである。われわれ夫婦は、もともと余り行動的ではなかったが、発病後の旅行先は、大泉の別荘と伊東にある泉郷の会員制ホテルだけになった。

標高一二〇〇メートルの大泉は、真夏でも滅多に三〇度にはならない。その一方で、真冬には零下二〇度近くまで下がることもある。ここに永住している人は、適切な防寒対策を講じれば、一年中快適に過ごすことができると言っていたが、私はその気になれなかった。

心臓に問題を抱える人にとって寒さは禁物だし、近所に信頼できる病院がなかったからである。それでも、ゴールデンウィークや夏休み中の長期滞在を入れれば、年に五〇日以上をここで過ごしたはずだ。別荘を持つと面倒なことが多いし維持費もかかる。しかしこれだけ使えば間違いなくモトが取れる。

ホテルと違って予約のわずらわしさはないし、真夜中に到着しようが早朝に出発しようが自由である。渋滞がない早朝の時間帯を選べば、快適なドライブを楽しめる。道子は〝三〇日間アメリカ一周一万キロのドライブ〟の間、まったく退屈しなかったというくらいのドライブ好きだった。

私は別荘に滞在している間、道子が設計した特製の掘り炬燵で論文を読んだり、原稿書きをやって過ごした。

勉強に疲れた時は山道を歩く。筑波時代は車に頼りきりだったため健康を害した私は、東京に移ってからは、週七万歩（年四〇〇万歩）という目標を立ててウォーキングに励んだが、別荘に来れば、一日で二万歩を稼ぐことが出来た。糖尿病一歩手前まで行った私が、七五歳になる現在もひとまず健康体で居られるのは、週末二日で四万歩近く歩いたおかげである。

一方、坂道を歩くことができなくなった道子の楽しみは、手芸（編みもの、刺繍）、ジグソーパズル、読書、そして園芸だった。ウィスコンシンで零下二〇度の冬を過ごす間、道子は三〇〇〇ピースの大型ジグソーパズルを楽しんでいた。

裕二が生まれてからは、育児に追われたうえに、手狭な公務員住宅にはパズルを広げるスペースはなかったが、別荘には有り余る時間とスペースがあった。しかし視力が衰えたためか、一夏かけても三〇〇〇ピースを完成させることは出来なかった。そしてそれ以後は、かつて小学生レベルだと揶揄した一五〇〇ピースものを楽しんでいた。

パズルや編み物に厭きた時は、庭と花壇の手入れである。一～二時間草むしりをすると、夜ぐっすり眠れると言っていた。眼を閉じると、私の頭の中には、大きな麦藁帽を被った道子が、草をむしる姿が浮かんでくる。今にして思えば、この別荘での生活が、道子の一生の中で最も豊かな時間だったのではないだろうか。

週末を過ごしたあと、月曜の朝五時前に大泉を出て中央高速に乗り、病院に直行する。その後どこかのレストランで昼ご飯を食べて、午後は大学に出勤する。

われわれは毎年、夏休みに入った最初のウィークエンドに、学生たちを別荘に招いてバーベキュー・パーティーを開いた。はじめのうちは一〇人止まりだったが、次第に人数が増え、一九九五年には三〇人の大台に乗せた。そしてこれが、定年前年の二〇〇〇年まで続いたのである。

スーパーで牛肉を五キロと鶏肉を三キロ、魚屋に頼んでおいた大きなサケを二尾。ビールの大瓶四〇本と一〇本のワインなどを荷台に積み込んで、中央高速をドライブする私の心は躍った。全ての学生を差別せずに招待するという、年来の夢が実現したのである。

二組のバーベキュー・セットを使って火を起こし、バーベキュー・ソースを塗りたくって牛肉とトウモロコシ、しいたけなどをジュウジュウ焼くと、焼き上がる前から手が延びる。四時過ぎには、全てを食べつくしてバーベキューは終わる。

片付けが終わったあとは、家の中で熱いコーヒーと、道子の手づくりケーキで談笑する。一二畳のリビングと六畳の和室は、〝青春の香り〟で溢れ返るのである。

3　もう一つの難病

中学時代の私は、友達付き合いと、映画館&貸し本屋通いに明け暮れた。放課後は毎日のように友人の家に入り浸り、週末は二本立て、三本立ての映画を見た。地元の自由ヶ丘だけでは足りず、蒲田、渋谷、池袋にも足を伸ばした。

しかし、高校受験に失敗したあと猛省した。母が言うとおり、自分は破滅型の人間だということが分かったからである。〝自分に忠実に生きよ〟という教訓があるが、私の場合は〝自分を騙しながら生きよ〟の方が合っていた。

大学に入ってからは、友人から酒、マージャン、競馬などに誘われても、深入りはしなかった。遊びはほどほど、勉強もほどほどという、すべてに中途半端な毎日を過ごした。しかしそのあと、少年時代に逆戻りした。生活力もないのに、激情に任せて道子と学生結婚したのは、破滅型の人生を地でいったものだった。

このあと私は再び猛省した。そして、自分に忠実に生きて、家族に迷惑をかけることがないように、楽しみを拒否してきたのである。五〇代半ばの私に、趣味と言えるものがあるとすれば、健康維持のためのウォーキング、ＣＤでオペラを聴くこと、年数回の映画鑑賞、そして古本屋で買った、三日遅れの『週刊モーニング』を読むことくらいだった。かつて教養がないエンジニアを軽蔑していた破滅型の青年は、無趣味なエンジニアになり切っていた。

医者と同じように、忙しいエンジニアにはお金を使う時間がない。一方、管理職には多少の手当てがついたし、講演の機会も増えた。将来を考えて、私は臨時収入のほとんどすべてを貯蓄に回した。〝あと八年少々で定年だが、これまでの蓄えと退職金、そして年金があれば、その後も何とか食いつないでいけるはずだ〟。

薬のおかげで、道子の心臓は小康を保っていた。主治医の見立てでは、心配していた副作用は出ていないし、他に特別悪いところもないから、週一回の検診は月一回に減らしてもいいという。これは私にとって、またとない朗報だった。単なる付き添いでも病院通いは疲れるし、一回あたり六時間が浮くからである。

二二歳で結婚した道子は、二三歳で健一を、二六歳で麗子を生み、子育てに全力投球した。健一が中学に入り、麗子が小学四年生になった時、道子はこれから先何をしてすごせばいいか、思いを巡らした。趣味はあれこれあるが、それだけで長い人生を過ごすのは虚しい。熟慮の末に到達した結論は、〝もう一人の子供〟だった。

若いころの道子は、子供は二人で十分だと言っていた。体力的にも夫の経済力からしても、それが限度だと思っていたのだ。ところがこの一〇年間、体調は良好だった。夫の収入も増えたらしい。〝上の二人は、まずまずうまく育った。三人目を作って、これから先一〇年間育児を楽しみましょう〟。

私が半年にわたるウィーン出張から戻ってしばらくしたころ、道子は話を切り出した。

「私、もう一人子供が欲しいの」

「二人いれば十分だと言っていたじゃないか」

「気が変わったのよ。ねえいいでしょう」

「君が欲しいと言うなら反対はしないけど、もう三四になるから大丈夫かな」

「今ならぎりぎりで大丈夫だと思うわ。ねえ、お願い」

その後道子は毎日基礎体温を測っていたが、ある晩「今日が予定日なの。頑張ってね、お願い」と言って、積極的に私を求めた。

望み通り一九七六年に生まれた裕二は、鳶が鷹を生んだような息子だった。二歳にならないうちに、〝蚊がいる〟という文章を口にしたし、小学校低学年のころから、電気製品の不具合をすぐに修理してくれた。この才能は、図画工作が得意な道子の才能を受け継いだものである。

道子はこの後一〇年あまり、子育てに全力投球した。二三歳から五〇歳までの三七年にわたって、子育てを楽しんだわけだが、それがおしまいになる日が迫っていた。福岡旅行のあと、「これからは、日本語が通じるところなら、どこにでもあなたついて行くわ」と言ったのは、子育てを卒業したあとは、夫との人生を楽しもうと思ったからだろう。

ところがここに、心室頻拍という悪魔が登場した。この後は旅行と言えば、大泉の別荘と伊東の会員制ホテルだけになってしまった。〝道子はそれで十分だと言っているが、機会を見て京都や奈良に連れて行こう――〟。

こう思っていた矢先に、道子がもう一つの難病に罹っていることが判明するのである。小脳が萎縮して、運動機能が徐々に失われていく、「脊髄小脳変性症」という一万人に一人の難病である。

思い出してみれば、道子の母もこの病気に罹っていた。一九六〇年代には、原因不明の奇病とされていたが、八〇年代に入って、ある種の蛋白質が小脳に蓄積するのが原因の遺伝病であることが判明した。この病気は発症後一〇年ほどで、嚥下機能（食べ物を飲み込む機能）に障害が出て、その後誤嚥性肺炎を起こして死亡することが多いという。

一九九六年の秋、道子は大学病院で精密検査を受けた。恐れていたとおり、ＭＲＩ写真には小脳の萎縮がはっきり写し出されていた。

それまでの数年間、道子は石畳を真直ぐに歩けないことが気になっていたという。またしばらく前にウォーキングに出かけた際、「相生橋のスロープを下る時には、手すりにつかまらないとよろけちゃうの」と言っていた。

三〇代で発病した母・淑子は、四〇代半ばには歩けなくなり、五〇代に入って間もなく亡くなった。死因は癌だったが、寝たきりになっていたから、それがなくても長くは持たなかっただろう。

四〇代は何事もなく過ぎた。ところが、五〇代に入ると心室頻拍が、そして追い討ちをかけるように、五五歳になってこの病気が確定するのである。医師によれば、現在の医学で治すことは出来ないが、薬によって進行を遅らせることは可能かもしれないという。この結果道子は、車で小一時間の北千住にある「愛里病院」で、週三回の点滴を受けることになった。

病気の進行を遅らせるためには、こまめに運動して小脳に刺激を与えることが肝心である。しかし心臓の負担を考えると、過度の運動は危険だから、本格的なリハビリはできなかった。一日一日の変化は、どれほどのものでもない。しかし、春になって山荘を訪れる日がくると、一年間の病気の進行をいやというほど思い知らされるのである。

二〇〇〇年の夏には、傾斜地を一〇メートル登って玄関に辿りつくまでに、五分以上かかるようになった。このまま行けば、自分の足で歩けるのはあと二〜三年だろう。

〝果たして道子は、動けなくなっても生きていたいと思うだろうか。寝たきりになって、意識だけは正常だとしたら、人はどうやって生きていくのだろう。生ける屍を生かすのは、死せる魂だけではないのか。自分で生命を絶つ勇気がなければ、待っているのは狂気と錯乱だ〟。

動けるうちなら死ぬのは簡単だ。薬を飲まずに少々激しく運動すれば、心室細動を起こすことが出来るからである。しかし、転倒して骨を折り一カ月も寝込めば、それから先は寝たきりになる。そうなれば、自ら命を絶つことは出来ない。

〝動けなくなった道子を抱えて、どうすればいいのか。一～二年ならともかく、何年間も支えることは出来ないかもしれない。新聞には、難病で苦しむ老妻の首を絞め、自分も命を絶つ老人の記事が溢れている。

人間はいつか必ず死ぬ。だから、本人が死にたいと言うなら、死なせてやるべきではないだろうか。しかしこれは殺人幇助だ。生き残って殺人罪に問われるより、むしろ一緒に死んだ方がいい。ところがそれが出来ないから、人は生き恥をさらすのだ。

道子を死なせる場合には、自殺に見せかける方法が必要だ。しかし完全殺人を狙っても、警察の調べにあえば他愛なく暴かれてしまう。何らかの方法はあるはずだが……〟。

『自殺大全』という恐ろしいタイトルの本を買って見たものの、私はこれが必要になるのはまだ先だと考えていた。

4　終了計画

道子は心室頻拍を発症した時点では、一キロほど先にあるスーパー・マーケットに買い物に行くことができた。しかしその一年後には、片道がやっとになった。心臓のポンプが弱くなり、身体に血液が十分行きわたらなくなったためである。

その後はタクシーを呼んで出かけるようにしていたが、転倒して頭を打てば心臓が止まるかもしれない。骨折すれば、寝たきりになる心配もある。〝そのようなリスクを冒すより、自分が買い物を引き受けたほうがいい〟。

道子にはもう十分に働いてもらった。また三〇年以上にわたって、優しい笑顔で家族に安心感を与えてくれた。別荘からの帰り道に発した不用意な一言がきっかけで、すべては崩壊への道をたどったが、それでも道子の〝値千金〟の笑顔があれば絶望しないで済んだ。

週三回の点滴の甲斐もなく、病気は着実に進行した。駐車場での歩行練習も、一〇往復が五往復に減り、二〇〇〇年に入る頃には、二往復が限界になった。眼球をコントロールする機能が不調をきたし、ものが二つに重なって見えるようになったためである。外での歩行練習はやめた方がいいと言ってみたが、道子は「歩けなくなったらおしまいだわ」と言って、片方の目を眼帯で覆って歩行練習を続けた。

しかしその後まもなく、恐れていたことが現実になった。手押し車もろとも転倒し、肩とひじを脱臼してしまったのである。それまでも、家の中で何回か転んだことがあったが、大事には至らずに済んでいた。その都度道子は、「私は転び方が上手なのよ」と自慢した。

幸いなことに、このときは一カ月で全快した。しかし、その後再び転倒して股関節を脱臼した。腕がいい整体師の治療を受けたおかげで、三カ月ほどで歩けるようにはなったものの、この間に歩行機能は著しく低下していた。

二回続けての転倒事故にショックを受けた道子は、それまで拒否し続けて来た車椅子の使用を受け入れた。そしてそれ以後、本人が心配していたとおり、目に見えて脚力が衰え、一年後には家事を行うことができなくなってしまった。

健一は博士号を取った後、少年時代を過ごした筑波の研究機関に採用され、一人暮らしをしていた。大学を出て生命保険会社に就職した麗子は、数年後に高校時代の同期生と結婚して家を出た。一方大学生の裕二は、母親との関係はきわめて良好だったが、四年に及ぶアメリカ生活で母親に苦労をかけた父親を、〝蛇蝎のごとく〟嫌っていた。

私は毎朝五時前に起きて、三人分の朝食と道子の昼食を用意した。一時間ですべての仕事を終え、六時前に家を出た。七時に大学に到着してからは、研究・教育・雑用に没頭した。

そして、五時ちょうどに大学を出て、六時には家に戻り、車で道子を病院に連れて行く。点滴を受けた後は、お好み焼き屋やてんぷら屋で夕食を済ませ、八時過ぎに家に戻る。そしてビールを飲みながら洗濯機を回し、九時前にベッドに入った。

家事と週三回の病院通いは、かなりの負担だった。六年にわたって続けることができたのは、勤め先が大学だったからである。同僚の多くは、夜遅くまで仕事を続けていたが、私は土日も朝七時前に出勤する代わりに、平日は五時すぎに店をたたんだ（大学というところは、原則として九時〜五時以外の時間帯には公式な仕事はない）。

五〇代半ばを超えた男の体力は、つるべ落としである。二番目の難病が確定した時は、まだ元気だった。しかし定年を迎えるころ、私は〝老人〟になっていた。

老夫婦に残されたものは、四〇年を共にした〝記憶〟だった。六畳一間の新婚生活。サンフランシスコでの飛行機墜落事故。厳格なエル・カピタン。目が眩むグランド・キャニオン。荘厳なモニュメント・バレー。豪華絢爛なナイアガラ。夢のようなイエローストーンとグランド・テトン。極寒のウィスコンシン。エレガントなウィーン。別荘でのバーベキュー・パーティー。頑固な健一。自分勝手な麗子。そして、父親を谷底に蹴落そうとする裕二。

夫婦の生き方や考え方に、ほとんど共通点はなかった。「同じところがあるとすれば、（強権的な）母親から独立したいと思っていることと、家族を大事にすることくらいだね」と話し合ったこともある。二人には赤道と南極、磁石のS極とN極ほどの違いがあった。それでも私は道子が好きだったし、二人とも子供を守るために戦ってきたのだ。


二〇〇一年三月、私は定年を迎えた。この前後三年間は、毎年四〇人近い教授が東工大を去った。いずれも、理工系大学の大拡充時代に助手となり助教授となった、運がいい人たちである。ところがいまや少子化が進み、大学全体が縮小過程に入った。

六〇歳で退職する東工大教授は、一〇年前には引く手あまただった。企業の研究所長、都内の一流私立大学、悪くても一流半から二流の大学なら、いくらでも再就職先があった。ところがいまや、東大工学部教授でも三分の一は再就職先がみつからない時代になった。

地方の大学なら、招いてくれるところはいくつかあった。しかし、病院や子供たちのこともあるから、道子は地方暮らしを嫌うだろう。もちろん単身赴任はあり得ない。とは言うものの、再就職先が見つからなければ、年に三〇〇万円程度の年金で暮らさなくてはならない。二人だけなら何とかなるだろうが、この時新たな凶兆が姿を現し始めていた。

二〇〇〇年の春、娘の麗子が体調不良で、生命保険会社を退職することになったのである。（道子の母親に似て）上昇志向が強い麗子は、勤め始めたころは、重役になるつもりだと言って張り切っていた。ところが、道子の病名が確定して四年ほどしたころ、外回りの際に自転車で転倒して入院した。

その一年後には、自転車に乗れなくなった。上司の計らいで内勤にしてもらったものの、しばしば壁にぶつかるようになったので、医者に診てもらったところ、神経に異状があるのではないかと言われた――。

この話を聞いたとき私は、あの病気に違いないと考えた。発病が早過ぎるような気もしたが、義母・淑子が発病したのは三〇代だった。私が初めて道子の家を訪れたとき、四〇代に入ったばかりの淑子は、すでにまっすぐに歩けないようになっていたのだ。

麗子の連れ合いは人付き合いが下手だし、勤め先は構造不況業種だから、いつリストラされてもおかしくない。もしそうなったら、私が麗子の介護費用の一部を負担しなくてはならない。人間は生まれたときから、滝つぼに連なる川の中を流れている。上流に居る間は、滝つぼの存在に気がつかない。しかしあるところを超えると、急に流れが速くなって後戻りできなくなる。私は自分がすでにクリティカル・ポイントを越えたことに気付いていていた。

〝遅かれ早かれ道子は寝たきりになる（その数年後には、麗子も寝たきりになる）。そして、いずれは死を望むようになるだろう。「俺がついているからがんばれ」と言ったところで、何の慰めにもならない。生ける屍が死にたいと言ったら、それを受け入れるしかないのではなかろうか。それに、老人が寝たきり老人を介護すれば、いずれは共倒れだ〟。

週三回の点滴は、道子にも私にも大きな負担になった。注射のあとが盛り上がった腕に、新米看護婦が針を射すと、道子はとても辛そうな表情をしたし、隣のベッドで咳き込んだ老女が点滴を受けていることもある。

その上、薬の効果には個人差があるから、どのくらい効いているのか、医師ですら良く分からないのだ。やらないよりはましだろうが、時間とコスト、それに院内感染リスクを考えれば、週三回は多過ぎる。

こう考えた私は、道子の了解を得た上で医師と交渉し、点滴を二回に減らしてもらった。多少は悪影響が出るかもしれないが、こうすれば、道子はより多くの幸せな時間を過ごすことが出来る。

週三回の場合は、たとえ夏休み中でも、別荘暮らしは二泊三日が限度である。一方週二回であれば、四泊五日も可能だ。木曜の夕方、点滴を受けたあと首都高速に乗れば、その日のうちに別荘に着く。週末の三日間高原の空気を吸って、月曜の朝家に戻り、そのまま大学に出かける。

道子はすでに庭いじりが出来なくなっていたが、車椅子で家の中を移動することは出来た。晴れた日にはベランダに出て、南アルプスを眺めたり、パズルをしたり、本を読んだりして、夏の高原生活を楽しんでいた。

眠っている道子を抱きながら、私はこれからやってくる灰色の日々のことを考えていた。〝道子はいつまで、自力で食事が取れるだろうか。いつまで自分で用が足せるだろうか。動けなくなる前に逝ってしまう方がいいのではなかろうか。これから先のことを考えれば、子供たちになるべく多くのお金を残してやらなくてはならない。では、まとまったお金を手に入れるにはどうすればいいか〟。

あれこれ考えた末にたどり着いた答えは、〝道子に睡眠薬を飲ませた後、ストーブの脇に洗濯ものを置き、自分も大量の睡眠薬を飲む〟ことだった。二人の焼死体を発見した大泉の警察は、単なる過失として扱ってくれるだろう。

〝無理心中を決行する直前に、事実を記した手記を出版社に送付しておく。しかし、本が出るまでに埋葬は終わっている。骨壷に納めたあとは、殺人の証拠は何も残らない。だから犯罪者として告発され、家族や学生たちに迷惑をかけることもないはずだ。手記が公開されれば、ジャーナリズムはセンセーショナルに取り上げる。現役大学教授の殺人手記となれば、二万部は売れるだろう。うまくすれば一〇万部売れて、子供たちに一〇〇〇万円の印税が入る――〟。

5　五連泊

国立大学を定年退職して、私立大学に移籍した工学部教授の多くは、大きなカルチャー・ショックを受けるという。学生のレベルにかなりの差があるし、それまでの二倍以上の卒研生と三倍近い講義がのしかかる。体力、知力、気力のすべてが低落傾向に入った老教授は、あっという間に〝過去の人〟になるのである。

再就職先が見つからない人や、地方の大学に単身赴任する人が多い中で、都心にある中央大学理工学部に再就職できたのは、とても幸運なことだった。講義負担は週四～五コマで、前の大学に比べれば雑用も少ない。一四人の卒研生の名前を覚えるのは大変だが、その三分の一は、一浪すれば東大に合格するくらい優秀な学生だった。〝この分なら、二度目の定年を迎えるまでの一〇年を、うまく乗り切ることが出来るかもしれない〟。

四月半ばに退職金が出た。研究科長を務めたおかげで、予想していたより三〇〇万円ほど多かった上に、その一カ月後には年金四〇万円が振り込まれた。退職後最初の一年間は、定職があっても年に三〇〇万円近い年金が支払われるのである。

気が大きくなった私は、退職金の一部を道子に還元することにした。

「退職金が多目に出たから、欲しいものがあったら買ってあげるよ」

「ダイヤの指輪」

「エエッ！」

大学を卒業してすぐに結婚した私には、結婚指輪を買うお金がなかった。修士課程を出て就職したあと、買ってあげようと申し出たが、そんなものはいらないと言うので、そのままになってしまった。

「冗談よ。本当のことを言うと、指輪よりお墓のほうがいいわ」

「それは意外だね。でも言われて見れば、俺たちどこにも入るところがないんだよな」

「そうよ。今のうちに買っておいた方がいいわよ。実は、前から調べていたの」

こう言うと、道子は戸棚からパンフレットを取り出した。

「近所のお寺に出物があるのよ」

「お墓の出物?!」

一坪もない土地の永代使用料が三五〇万、墓石を加えて総額五五〇万は、少々高いのではないかと思ったが、道子の〝住む場所にこだわる性格〟を知っている私は、即座にこのリクエストを受け入れた。三カ月後に墓石が完成したとき、〝終の棲家〟を手に入れた道子は、「これで安心だわ」と言っていた。

二〇〇一年に入ってしばらくして、脊椎小脳変性症の特効薬である「セレジスト」が発売されたおかげで、点滴を受けずに済むようになった。この結果、ピーク時には月一五回だった病院通いは、月三回に減った。

一方、この薬は保健が効かないから、一日に三錠服用すれば、月に一〇万円以上かかる。個人負担額は一〇万円が上限だが、現役中はともかく、年金暮らしになったあと年一二〇万円は大きい。

一万人に一人ということからすると、日本全体で一万人の患者が居るはずだが、製薬会社にしてみれば〝たったの一万人〟に過ぎない。癌に比べると、患者数は一〇〇分の一以下だから、値段を高く設定しなければモトが取れないのである（幸いなことに、一年後には保険がきくようになった）。

二〇〇二年九月、われわれは月曜日の朝いつもどおり、六本木の病院に向かった。主治医の桐ヶ谷医師とは、一〇年近いお付き合いであるが、診察はいつも一〇分で終わった。毎回、「病状は安定していますので、きちんと薬を服用していれば心配はありません」

「有難うございます。これからもよろしくお願いします」の繰り返しである。

一〇時過ぎに病院を出て、駐車場付きのバリアフリー・レストランで食事して、昼までに家に戻り、一時過ぎに大学に出勤する。脚の動きは悪くなったが、まだ何年かは二人でランチを楽しめるはずだった。


診察室に入って一分ほどした時、桐ヶ谷医師が荒々しくドアを開けた。

「五連拍が出ていますので、すぐに入院して頂きます。心電図を見て下さい。これが一〇分続くと、急死する可能性があります。これから緊急処置を施しますので、入院の手続きをして下さい。ともかく病室が空いていて良かった」

「今朝から、何となくおかしかったの」と道子。

「今までも、こんなことがあったのか？」

「時々おかしなことはあったわね。でもこんな風になったのは、今日が初めてよ」

「発作が起こったのが病院だったのは、運がよかったというべきでしょう」と桐ケ谷医師。

私の膝はガクガク震えていた。

「良かった。五連拍が消えました。しかし、当分様子を見る必要がありますので、入院して頂きます」

「何日くらい入院することになるのでしょうか？」

「とりあえずは一週間。今日一日は様子を見て、今後のことは明日ご相談しましょう。入院に必要なものを持って、一〇時までにおいで下さい」

翌朝私は、桐ヶ谷医師の説明を聞いた。

「暫くはこの薬で抑えることが出来るでしょう。しかし、いずれ効かなくなる可能性もあります。そのときは別の薬を探しますが、また効かなくなることもありえます。もう一つの選択肢は、心臓にカテーテルを差し込んで、電気火花で患部を焼き切ることです。若い人であれば、成功率は九九％以上です。手術を担当する佐藤医師は、日本で三本の指に入るエキスパートです。しかし、六〇歳を越えた人は血管が弱くなっているので、稀に失敗することもあります。

奥様は間もなく六二歳になられるから、絶対に大丈夫とは申し上げられませんが、ついこの間も六三歳の方が手術を受けて成功しましたので、それほど危険というわけではありません。この病院では、これまでに一〇〇〇件近い手術をやっていますが、まだ失敗したケースは一つもありません」

「一〇〇〇人のうち、六〇歳以上の人はどのくらい居るのでしょうか？」

「調べてみないと分かりませんが、二〇人くらいではないでしょうか。リスクを考えて、見合わせる方もいらっしゃいますからね。そういう方には、強くお勧めすることは控えています。

ではご本人と良く相談された上で、どうなさるか決めて下さい」

失敗例がないとはいうものの、かなり危険な手術だということである。手術中に停電したり、地震が起こったらアウトだ。それに、何をもって〝成功〟というのだろうか。手術は成功したが合併症で死亡した、というのはよく耳にする話だ。

〝自分ならどうするか〟。学生時代にしばしば不整脈に悩まされた私は、これがどれほど嫌なものか良く知っていた。その上私の場合と違って、道子の不整脈は心室細動に繋がる危険なものである。いつ起こっても不思議がない心室細動より、九九％以上の確率で成功する手術の方がいいのではないか。

しかし、理屈ではその方がいいと思っても、おいそれと決断は下せないだろう。そしてひとたび迷い始めたら、無限ループに陥る可能性もある。私は慎重に言葉を選んで、医師の話を道子に伝えた。意見を求められたら手術を勧めるつもりだったが、その必要はなかった。話を聞き終えた道子は、即座に言った。

「手術を受けるわ。こんな状態でびくびくしながら生きているより、その方がいい。失敗してももともとよ。この歳まで生きられたのが不思議なくらいだわ。私が死んだら貴方は困るでしょうけど、そのときは諦めてね」

「僕もその方がいいと思う。さっき手術を担当する佐藤先生に話を聞いてきたけれど、この病院は日本で二番目に手術回数が多いということだし、医師三人と看護婦五人の万全の態勢でやってくれるそうだ。一〇〇〇件やって一つも失敗例がないんだし、君はもともと血圧が低くて善玉コレステロールが多いから、血管は丈夫なんじゃないかな」

「私は強運なのよ」

数日後、手術に先立って造影剤を注入して検査したところ、心室内壁に出来た七ヶ所の凸起から異常パルスが出ていることが確認された。

モニターを見ながら、患部の各々を電気火花で焼き切るのだが、焼き過ぎると心臓の壁に穴があいて一巻の終わりとなる。また焼き方が悪いと厚いかさぶたが出来て、それがはがれて脳血管に詰まれば、脳梗塞で半身不随になる。

しかし私は、このことを道子に伝えなかった。手術を受けることを決めている人に、余計な心配をかけるのは良くないと思ったからである。

翌日の朝九時、道子は手術室に運ばれて行った。手を振りながら、笑顔でエレベーターに乗る道子を見送ったあと、私は病室に戻ってお墓のことを考えていた。側面に赤い文字で、二人の名前が刻まれた墓石が出来上がったとき、道子はとても安心したと言っていたが、気が抜けたせいで病状が悪化したのかもしれない。

〝じたばたしてもどうにもならない。あとは道子の強運を祈るだけだ〟。こう考えた私は、論文書きで気を紛らわすことにした。

二年ほど前にスタートさせた「企業の倒産判別」の研究は、大きな鉱脈に繋がっているという予感があった。〃うまくすればこれから先も、年に五編ずつ論文を生産し続けることが出来る――〃。

シャープペンを走らせながらふと考えた。〃倒産とは企業の死を意味する言葉だ。それならこの方法は、人間にも使えるのではないか？　財務データの代わりに健康診断データを使って、一年以内に死亡する確率を計算する。倒産判別の対象は、せいぜい一〇万社が限度である。しかし健康診断なら、これより一ケタ多いデータが集まる。その上、判別に使える指標も沢山あるはずだ。これは将来性のある研究テーマではないだろうか〃。

しかし、子供時代の道子にこの方法を当てはめれば、〃一年以内の死亡確率は九〇％〃という結果が出るかもしれない。それにも拘わらず、道子は六二歳まで生きた。〃人間の死亡分析は、企業の倒産分析より難しそうだ〃。

平均寿命からすれば、六二歳は若死にである。しかし初期条件を考えれば、良く生きたと言えるのではないか。そのことは本人が一番良く知っているはずだ。

時計を見ると、一時間が経過していた。〃すでにカテーテルが差し込まれたはずだ。大腿部から静脈を遡り、心臓に届くまでに何分かかるのだろう？　仮に三〇分として、七ヶ所焼ききるのに三〇分。そしてカテーテルを引き抜くのに三〇分。事後処置に三〇分とすると、一二時には手術が終わる。その後は絶対安静にして、一時前後に病室に戻ってくる――。つまりここ一時間が山場ということだ〟。

道子が病室に戻ってきたのは、一時少し前だった。まだ麻酔から覚めていなかったが、付き添っている佐藤医師によれば、異常パルスは出ていないから、すべての患部が切除されたはずだという。

「これから二四時間は安静にして、傷口がふさがれば、数日後には退院出来るでしょう」

この言葉を聞いた私は、佐藤医師の腕前と道子の強運に感謝した。ところが強運のお陰で、道子はその後九年にわたって、第二の難病に苦しめられることになるのである。

一〇年に及ぶ不整脈から解放された道子は、ベッドの上で退院後のリハビリ計画を練った。五年前に手術を受けていれば、計画通りのリハビリが出来たかもしれない。しかし六〇近い老人の場合、この手術にはかなりのリスクが伴うから、薬が効いている間は、医師も敢えてこれを薦めようとはしなかったのである。

不整脈が完治したため、月一回の六本木通いには終止符が打たれた。この結果、病院通いは月一回の難病検診だけになった。

私は毎朝四時半に起床し、道子と裕二の朝食用コールド・プレートと道子の昼食用惣菜を皿に盛り、炊飯器をセットしたあとシャワーを浴び、洗濯物をハンガーに吊るして、六時過ぎに家を出た。錦糸町駅まで徒歩一五分。電車に乗れば一〇分少々で水道橋に着く。ここから先大学までは、東京ドームのわきを回って一五分である。

この大学に移る時は、研究を続けることが出来るかどうかを危ぶんだ。しかし、優秀な学生に恵まれたおかげで、それまでと同じペースで研究を進めることが出来た。先輩からは、「還暦を過ぎた老人が余り頑張ると、ロクなことはない」と忠告されたが、私にはやるべきこととやりたいことが山ほどあった。

やるべきこととは、〝レフェリー付き論文を一〇〇編書く〟という目標を達成すること、やりたいこととは、〝技術大国を生み出したエンジニアの物語〟の執筆である。

九時を過ぎると講義や会議が始まるから、七時から九時まで原稿を執筆して、午後は研究に集中した。

『週刊モーニング』に連載されている、『天才・柳沢教授の生活』というマンガの主人公・柳沢良則教授は、何があっても九時には就寝する変わり者だが、私はそれより一時間早くベッドに入り、赤ワインを飲んでひたすら眠った。

道子は、夜中に一度はトイレに起きる。まだ一人で用を足すことが出来るが、転倒して大腿骨を折れば寝たきりになるかもしれないので、可能な限り私も付添うことにした。普通であれば、一二時前に起こされることはないから、四時間は眠ることが出来る。起されるのが三時過ぎであればラッキー、四時ならパーフェクトである。しかし運が悪いと、一晩に二度起きなくてはならないこともあるから、最初の四時間しっかり眠ることが大事なのである。

八時に就寝するためには、六時過ぎには家に戻っている必要がある。したがって、夜の会合はすべて欠席した。若いうちは、さまざまな研究会に参加して情報を集めることが大事だが、六〇歳を超えた老人にはその必要はない。新しい研究をスタートさせるだけの気力は無いし、若い人の話は難しいから、老化した頭では理解できないからである。

パーティーに出て、親しい友人と言葉を交わせば楽しい気分になる。しかしその一方で、イヤな奴とも口をきかなくてはならない。しかも、不愉快な気持ちを抑えるため、高カロリー食に手をつけると、翌朝体重計に復讐される。

若い頃は名前を売ることも必要である。しかし、六〇歳を過ぎてからは、見返りがないどころか、マイナスの方が多いのである。

別荘に行くことが出来ない冬の間の道子の楽しみは、ニコリの数独パズルと週末の外食である。私は週に一回は、車椅子を押して近所のレストランに出かけた。寿司屋、天ぷら屋、トンカツ屋、洋食屋、中華料理屋、お好み焼屋、そして明治時代から営業しているという老舗の鰻屋。

道子のお気に入りは、家から五分ほどのところにある中華料理屋である。昼であれば、個室を使わせてもらえるし、食べ残しはパックに入れて持ち帰り、翌日のランチに廻すことも出来る。

しかし、ある日店の女主人が道子に向かって、「いい息子さんを持ってお幸せね」という言葉をかけて以来、「もうあのお店には行きたくない」と言うようになった。近頃の六〇代女性は、肌がつやつやしているし、髪の毛も黒々としているから、白髪染めを使わず化粧もしない道子が、実年齢より一〇歳くらい上に見えても不思議はない。

しかし、同じ年齢の夫を、息子と間違えられたショックは大きかったようだ。この結果、私が食事を作る機会が増えた。

第二の難病が発症する暫く前に、「健一が就職して家を出る前に、料理を教えるつもり」と言った時、私は道子に訊ねた。「僕には教えてくれないのか」と。答えは「あなたは生活力があるから、必要になれば自分でなんとかするでしょう」だった。

このため、私に出来る料理と言えば、親子どんぶり、チャーハン、シチュー、スパゲッティ、焼きそばくらいしかなかった。道子は（おいしくなくても）黙って食べてくれたが、夫に料理を教えなかったことを後悔していたかもしれない。

もう少しまともなものを食べてもらいたいと思った私は、少しばかり料理に時間を割くことにした。やってみれば、料理は楽しい〝ものづくり〟だった。エンジニアの端くれとして、私はものづくりで日本を支えたスーパー・エンジニアに、コンプレックスを抱き続けてきた。しかし料理をやるようになってから、四〇年来のコンプレックスが薄らいでいくように感じられた。

皿に盛った料理が空になるのを見ると、論文が完成したときと同じくらいの爽快感があった。しかし、料理の腕に少々自信を持つようになった頃には、道子の皿が空になることはなくなってしまったのである。

6　要介護度二

修士課程を出て自動車メーカーに就職した裕二は、二〇〇二年の春に家を出て行った。そこで、空いた部屋に電動ベッドを入れ、車椅子の出入りを容易にするために扉を外した。玄関も和室もフリーアクセスに替え、廊下の壁面には手摺りを張り巡らした。

半年の間に病気が進行して、寝返りがうまく出来なくなったし、ベッドから車に乗り移るのも一仕事になった。沢山の洗濯物が出るのは、トイレに辿り着くまでに時間がかかるようになったためである。

自分で食事を摂ることは出来たが、フォークをイチゴに刺したり、スプーンで掬い上げたヨーグルトを口に運ぶのに苦労するようになったので、なるべく食べやすいものを皿に並べるよう心がけた。

しかし、食べ残しを前にして道子は、「申し訳ないけど今日の成績はCね」と言って、力なく笑うのだった。半年前には、二回に一回はAだったのに、あっという間の様変わりである。カロリー摂取量が減ったため、体重は徐々に落ちていった。シャワーを手伝うたびに、しぼんでしまった胸、肉がそげたお尻、皮膚がたるんだ大腿部を拭きながら、私はウィーンの美術館で見たエゴン・シーレの老裸婦像を思い出した。鏡に映った自分の姿を見た道子は、「まるでアウシュヴィッツね。これからは、もっとしっかり食べなくちゃ」と言って涙を溢した。

医者は、「コレステロール値が少々高いだけで、内臓に不具合はないから、肺炎やインフルエンザに罹らないように注意すれば、長生きできるでしょう」と言う。元気づけるために言ったのだろうが、喜んでばかりは居られない。動けなくなってから一〇年以上生きたら、本人は辛いし私も地獄だ。

一方の私もかなり老化が進んでいた。五〇代前半から悪化した視力は、次の免許更新をパスするかどうか怪しい状態だった。運転できなくなれば、別荘に行けなくなる。また腰は、五年前のぎっくり腰（四回目）以後、きわどい状態が続いていた。ところがベッドから車いすに移す時や、椅子から転がり落ちた道子を抱え上げるたびに、腰に大きな負担がかかる。もし五回目が起これば、夫婦揃って車椅子生活である。

二人は、毎年五月の連休から一一月初めまでの週末を別荘で過ごした。朝早く家を出れば二時間余りで着く距離だが、今年は四〜五回が精一杯だろう。病院への行き帰りですら、助手席に座っているのが辛そうだったし、行ってみたところで、道子はもう何が出来るわけでもないのだ。

別荘で過ごせるのも今年はこれが最後、という一〇月末の昼、私は精魂こめてビーフ・シチューを作った。道子は「随分腕が上ったわね」と言って、珍しくおかわりまでしてくれた。

いつもよりコースを短くして、二ラウンド目の散歩をこなすと、陽が傾いてきた。日が暮れる前に、冷蔵庫を空にしてゴミを始末した。翌朝目が覚めれば、すぐに飛び出せるようにすべてを整え、八時にはベッドに入った。四時に出れば、首都高の渋滞に巻き込まれることなく、七時前に東京に着けるはずだ。

〝来年も来ることが出来るだろうか〟と思いながら私は、道子の髪を撫でた。昔は黒髪に顔を埋めて眠ったものだが、何年も前から完全な銀色だった。

「ここに来ると気持ちが休まるわ。お母様に感謝しなくちゃね」

「口うるさい人だったけど、この土地を残してくれたことには感謝しているよ」

「私はもうじき動けなくなるわ。そうなったら、どこかの施設に入れてね。あなたの足手まといになるのは辛いし、子供たちの世話になるのはいやなの。私も母を病院で死なせたんだから、仕方がないのよ」

「そんなこと言わないでくれ。最後まで僕が面倒を見る。君がそばに居てくれたから、僕はここまでやってくることができたんだ。一人だったら、とうの昔に破滅していただろう」

「そうね。あなたって、無謀な人だから」

「無謀でなかったら、君と学生結婚なんかしていなかったよね。しかし結婚してからは、無謀なことはやらなかったつもりだけどね」

「そうかしら」

道子が〝そうかしら〟と言えば、それはノーと言う意味である。


「介護保険法」が施行されたのは、二〇〇〇年四月である。もしこの法律が出来ていなければ、私は〝妻殺し〟に手を染めていたかもしれない。そうならなくても、自己破産していたのではなかろうか。

しかし当時の私は、〝われわれのために作られた〟と言うべきこの制度について、全く関心がなかった。介護保険のお世話になるのは、ずっと先のことだと思っていたのである。

二〇〇二年の暮れ、墨田保健所から電話がかかってきた。

「介護認定の件で、お知らせが届いているはずですが、どうなさるつもりでしょうか」

道子に訊ねると、

「認定手続きは面倒だし、他人が家に出入りするのは気持ちが悪いので、今回は見合わせるつもり」と言う。

ところが、その後暫くして状況が変わった。いつも昼食を頼んでいるS社の配達人は、一一時二〇分から三〇分の間に来るので、道子は一一時一〇分に車椅子をインターフォンの前に移動させる。配達人がマンションの入り口でインターフォンを鳴らすと、ドア・ロック解除のボタンを押し、大急ぎで玄関に移動してドアを開ける。

ところがある日、一二時まで待ってもインターフォンが鳴らないので、トイレに入った。用を足している間にチャイムが鳴ったが、対応出来ずにいる間に配達人が帰ってしまい、昼食にありつくことが出来なかった。配送センターに苦情を言ったところ、

「交通渋滞の影響で、そのようなことが起こる場合もありますが、我慢していただけませんか」と言う。我慢できなかった私は、この事件以後、昼食を用意して出かけることにした。道子はこれを冷蔵庫から取り出し、必要があればチンして食べるのだが、ある日容器を取り出そうとしたところ、手が滑って床に落としてしまった。

指先の感覚が鈍ってきたため、皿を掴んだつもりでも落とすことが多くなったのだ。肉饅頭やシューマイであれば、拾って食べることも出来る。しかし、その日はチャーハンとシチューだった。

このあと道子は、やむを得ずヘルパーさんの受け入れを考えるようになった。そのためには、

要介護認定を受けなくてはならない。その第一ステップは、主治医に診断書を書いてもらうことである。

Ｂ４の診断書には、何十もの質問項目が記載されていた。主治医が、数年分のカルテを参照しながら記入していくのだが、全体を埋めるのに三〇分以上かかった（このときばかりは、五〇〇〇円の診断書作成料は高いと思わなかった）。これを保健所に提出してから一～二週間したころ、係員がやって来て様々な機能を検査した。

一カ月後に下った判定は、〝要介護度二〟だった。書類を調べると、要介護度二の条件は〝歩行や移動の動作に何らかの補助を必要とする。排せつや食事に何らかの介助（見守りや手助け）を必要とする。身の回りの世話の全般に、何らかの介助を必要とする〟と書かれていた。

このころの道子は、肢体に不具合があるが、手摺りに掴まれば歩くことが出来た。自力で寝返りを打つことは出来ないが、掴まるものがあれば何とかなった。また排せつや食事も、見守りがあれば手助けなしでもやれた。つまり、要介護度一と二の中間だったのだ（現在であれば、要介護度一と判定されたかもしれない）。

このあと、介護サービス大手の「ニチイ学館」から、ケア・マネージャーなる人物がやって来て、週に五日、一日あたり二時間のヘルパー派遣が決まった。これと同時に、看護師による週一回のリハビリと、週二回のマッサージを受けることが出来るようになった。

ヘルパーさんの経費が、一時間あたり三〇〇〇円だとすると、月五〇時間で約一五万。その他のサービスが五万とすると、介護保険から月々約二〇万円が支出されていることになる（現在の厚生労働省の基準では、要介護度二の場合は、月額一九万五〇〇〇円のお金が出ることになっている）。

このほかにも、週一回の内科医の訪問検診があり、様々な薬が処方される。この経費が月一〇万とすると、合計で年間約三〇〇万かかっているわけだ。

このほか難病老人には、国民年金に月額三万円が上乗せされるほか、墨田区から月々三万円の補助金が出る。年金以外に収入がない寡婦であればともかく、まだ現役の私は、他人にこれだけの負担を強いていることに後ろめたい気持ちを抱いた。

しかし、ケア・マネージャーに聞くと、病院のお世話になるより自宅で介護する方が、国の負担はずっと少なくて済むということだった。

人口の高齢化が進む中で、このような制度は維持可能だろうかと思っていたところ、案の定介護保険料は年々上昇を続け、要介護認定の条件も厳しくなっていくのである。

食事の出前サービスと違って、ニチイのヘルパーさんは信頼できる人達だった。一二時から二時まで二時間のサービスを受ける場合、必ず定刻五分前に姿を現し、トイレ介助や食事の世話をしたあと、掃除、洗濯などの家事をやって、時間が余れば、散歩や買いものにも付き合ってくれる。

そして最後の一〇分で、その日にやった仕事を記録し、そのあとまたトイレ介助をして、二時五分頃に退出する。ヘルパーさんが残していった記録を見れば、どのくらい食べ物を食べたか、体調はどうだったたか、などが分かるようになっているのである。

ヘルパーさんのほとんどは、近所に住んでいる三〇代から五〇代の主婦で、自転車であちこち飛び回ってサービスを提供するのだが、月二〇万以上の収入がある人はほとんどいないということだ。

仮に時給が二〇〇〇円として、一日八時間働けば一万六〇〇〇円になる。しかし、途中の移動時間はカウントされないから、実働六時間で一日当たり一万二〇〇〇円。しかも、この種の仕事は相手があってのものだから、毎日仕事があるとは限らない。月一五日働いて、多くても一八万にしかならないということだ。割に合わない仕事だが、それにしてはヘルパーさんは、とても素敵な人が多かった。

では、要介護度二の妻と暮らす工学部教授の生活とは、どのようなものか。当時の手帳を開くと、ウィークエンド以外は毎日朝七時ちょうどに研究室に出勤し、毎週四コマの講義と一回（二～三時間）のゼミ、月に四～五回の会議に出席し、年に五編の論文を書いている。また年に三回は、一泊二日程度の国内出張、そして一二月にはオーストラリアに出張している。

しかし、その前年の香港出張が四泊五日、全体で一一〇時間だったのに対して、オーストラリアのときは、家を出てから八四時間（うち二二時間は飛行機の中）で帰宅している。二晩は筑波に住んでいる長男に泊まってもらい、もう一晩はヘルパーさんに夜間と早朝の特別サービスをお願いして、どうにかしのいだのだ。

今思えば、この頃はまだ良かった。道子は普通に言葉を話せたし、食事も自分でとれた。また夜間のトイレ介助は一回で済んでいたから、私も六時間は眠ることができた。

数年前に、ウィリアム・ワイラーの『我等の生涯の最良の年』という古い映画を見たことがある。どんな人にでも、一生の中には〝最良の年〟と呼べる年があるということだった。

では私にとって最良の年はいつだったか。それは間違いなく一九九一年である。生涯最高の二編の論文が世に出たのはこの年だし、別荘の権利を手に入れたのも、道子と一緒にオランダを旅行したのもこの年である。

美しく優しい道子と、才気煥発な裕二が居てくれれば、他に何も望むものはなかった。油断した私は、不用意な言葉を口にした。その直後に、道子は心室頻拍を発症した。そして、それとともに暗転した男の人生は、社会的成功と反比例して下降を続けるのである。

はじめの数年の降下スピードは、緩やかだった。急な崩落が始まったのは、二〇〇四年に入ってからである。

7　不運な娘

　一年以上前から、娘の麗子は車椅子のお世話になっていた。この病気は、発症するのが早いほど進行も早いという。その上、麗子はセレジストとの相性が悪く、服用を始めてから半年足らずで、体重が五キロも減ってしまった。

　この薬は確実に効くという保障はないから、副作用があるくらいならやめた方がいいと判断した麗子は、服用を中止した。この結果、病状は着実に悪化した。

　病気が確定したのは二〇〇〇年、麗子が三二歳のときである。その後は、連れ合いの両親の支援を受けて、リハビリに取り組んだ。しかしその甲斐もなく、二年後には二階への上り下りに支障を来たすようになり、その一年後には車椅子生活になった。

　連れ合いの利夫は、勤務先のG社を早期退職して、友人が経営するソフトウェア会社の下請けをしながら、自宅で麗子を介護していた。収入は年二～三〇〇万程度に過ぎないが、割増退職金が出たし、年に九〇万ほどの障害者手当てが支給される。

この夫婦は共働きしていた間も、収入の割にはつつましい生活をしていたし、家は父親が所有する土地に、麗子の貯金で建てたものである。したがって、当面生活に困ることはないだろうが、多少は援助しなくてはならない――。

流山市役所の障害福祉課から電話かかってきたのは、二〇〇四年の二月である。話の内容は、以下のようなものだった。

「二週間ごとに係員が見廻りに行っているのですが、このところ家の中に入れてもらえないので心配していました。ところが昨日、家の中から泣き声がしたので、ご主人の制止を振り切って中に入ったところ、真冬だというのに麗子さんが下着姿でベッドに寝かされていました。身体が痛いと訴えるので調べてみると、あちこちに痣があり背中には褥創が出来ていました」

専門家だからピンと来た。〝これは典型的なDV（家庭内暴力）だ〟と判断した係員は、褥創治療のために入院を勧めた。ところが、本人は入院したいと言っているのに、利夫は絶対にノーだという。

「心配なので、ご主人を説得してもらえませんか。同意してもらえるようであれば、東葛病院に入院できるよう手配しておきますので、よろしくお願いします」

いずれこのようなことになるかもしれないと思っていた。しかし私には、利夫を翻意させる自信はなかった。中央大学理工学部を卒業したあと、東京工業大学で博士号を取った利夫は、元東工大教授で現中央大学教授が煙たかったようだ。結婚して一〇年近く経つのに、私はこの青年と言葉を交わしたことはほとんどなかったのである。

商店を営む父ともうまくいっていなかった利夫と、コミュニケーションが成立するのは母親だけだが、最近は病気がちだという。どうしたものかと思っていたところ、翌朝六時過ぎに麗子から電話がかかってきた。

「助けて、パパ。今すぐ来て！」

「どうした。すぐに出ても二時間くらいかかるぞ。それに道子の世話があるので、そっちに着くのは早くても九時過ぎになる。警察を呼ぼうか」

「早く来て、お願い」

土曜なので道はすいていた。九時ちょうどに玄関のベルを鳴らすと、中から麗子の声が聞こえたので胸を撫で下ろしたが、扉はなかなか開かない。ベルを鳴らし続けたところ階段を下りる足音がして、利夫が姿を現した。

「忙しい時に突然こられても困ります。お引取り下さい」

「昨日市役所から電話があって、入院させた方がいいということなので、様子を見に来ました。ともかく中に入れて下さい」

「昼までに終えなくてはならない仕事があるので、一〇分だけにして下さい」

「分かりました。褥創が化膿しているので、入院させた方がいいということでしたが」

「もう治りかかっているところですから、病院に行く必要はありません」

「万一悪化したら面倒なことになるので、検査してもらったらどうですか」

「医者なんか信用できるか！」

「医者のすべてがあてにならない、ということはないでしょう。問題がなければ、すぐ戻ってくれればいいんですよ」

「他人は信用できない！　もちろんあなたも信用していない。麗子が何と言っているか、教えてあげましょうか。嘘つきで偽善者の上に、子供を能力で差別する。そして子供たちを、自分の思い通りにしようとする大悪人だ、と言っているんですよ。今更おやじ面されても、笑っちゃいますよ」

「嘘つきで偽善者という件は認めましょう。実は裕二にも同じことを言われたので、そのとおりなのでしょう。子供を能力で差別したことはないはずですが、本人がそう感じたと言うなら仕方がありません。しかし、子供たちを自分の思いのままにしようとしたことは、断じてありません。私は自分に自信がないから、そんなことはとても出来ません」

「お前の言い訳なんか聞きたくない!!　もう一〇分たったから、帰って下さい」

「まだ病院の話が終わっていません。自分の考えで、他人の意見をねじ曲げるのは良くないのだとすれば、この際入院するかどうかは、本人に任せたらどうでしょう」

「入院はいやだと言っています。昨日も本人に確かめました」

「生憎私も、他人を信用しないたちなので、直接聞いてみましょう。麗子、入院したいのか、したくないのか。これは大事なことだから、あなたの口から直接聞きたい」

「入院させて」

「本人がそう言っていますよ」

「そんなはずはない。昨日は入院したくないと言っていただろう。ともかく、今日のところは帰って下さい」

「怖くて言えなかったのよ」

「なんだと！　俺の世話になっていながら、よくもそんなことが言えるな‼」

このあと私は、一時間以上にわたって、利夫の非難の言葉を浴び続けた。学園紛争のときの全共闘の〝総括〟とは、このようなものだったのだろうか。利夫の言葉を通じて、私は麗子の心の中に、親に差別された結果生まれた、黒く大きな塊があることを知った。親としては差別したつもりがなくても、子供が差別されたと思うことは十分にある（母は絶対に認めないだろうが、私は大秀才の兄に比べて冷遇されたと思っていた）。

気がつくと、一一時をまわっていた。今日中に入院させるためには、昼までに病院に連れて行かなくてはならない。そしてこの機会を逃せば、次のチャンスは巡って来ないかもしれないのだ。

「いつまで議論していても、埒が開きませんね。私も午後に人に会う約束がありますので、今日のところはあと四～五分話をして帰ります。あなたも、仕事があるなら続けて下さい」

他人を信用しないと言ったにもかかわらず、この言葉を信用した利夫は二階に上った。私は麗子の意思を確認したあと外に出て、東葛病院に電話した。そして、一時間以内に本人を連れて行くので、入院の手配をお願いしたい旨を告げたあと、救急車を呼んだ。

五分ほどして、救急車のサイレンが近づいてきた。それに続いてパトカーの音。物音を聞きつけて、周りの家から女たちが出てきた。私はこれでもう大丈夫、と胸をなで下ろした。ドアを開けた利夫は、黙って救急隊を受け入れた。病院に到着したのは、窓口が閉まる直前だった。麗子を病院に送り届けたあと、私はかつて経験したことがないような疲労感を覚えた。そして、自分が正真正銘の老人になったことを実感したのである。

病院で待っていた障害福祉課の係員が、麗子に聞き取り調査をしたあと、看護婦に対して利夫が来ても面会を断るよう依頼した。これまでのやり取りと麗子の言葉からすると、利夫が家に連れ戻す恐れがあるというのである。

麗子は三カ月前に比べて、見る影もなく痩せていた。一日一食しか与えられなかったためだ。それ以上食べると体重が増えて介護がしにくくなる、というのがその理由だった。お腹が空いたと言っても無視。リハビリのため、壁面に手摺りを付けてほしいと言っても、家の資産価値が減るからノー。そして何か文句を言うと、外から見えない部分を摸ったりつねったりするというのである。週に一度手伝いに来る母親は、利夫のＤＶに気付いていたはずだが、止める手立てはなかったようだ。

係員は、これは家族が一人で介護する場合に良くあるケースで、一旦こうなったあとは、次第に暴力がエスカレートしていくから、絶対に家に戻すべきでないと断言した。しかし褥創の治療が終れば、病院を出なくてはならない。病院は病気を治すところであって、難病患者を介護する場所ではないのだ。退院までの期限は約一カ月である。

介護保険制度が出来てから、あちこちに介護施設が設立された。しかし、これらは介護保険受給資格がある人でなければ入居させて貰えない。たとえ難病に罹っていても、介護保険受給の対象になるのは、満四〇歳以上の人だけである。つまり三七歳の麗子は、どこにも引き受け手がないということだ。

この話を聞いて、私は眼の前が真っ暗になった。道子一人だけで手が一杯なのに、麗子を引き取ったらどうなるか。昼の間はともかく、夜の間二人の面倒を見るなんて不可能だ。

事情を理解した係員は、八方手を尽くして、麗子を引き受けてもらえそうな施設を探してくれた。病院を退院する日は迫っていた。〝この際、自宅に引き取るしかないのか〟。

ところが幸運なことに、東葛病院の看護師長だった人が退職後に設立した障害者介護施設が、入居待ちの人が二〇人もいるのに、特別な事情があるという理由で、受け入れを認めてくれた。

こうして麗子は一カ月後に、江戸川の堤防脇にある、倒産企業の社員寮を改造した障害者介護施設で暮らすことになった。外見は良くないが、中は立派な施設である。八畳ほどの個室と、三度の食事プラスおやつを与えられた麗子は、「こんなに素晴らしい施設に入れてもらえるとは思わなかった」と感謝していた。

月々一八万の施設経費と、その他の支出（インターネットの接続費用や、身の周りの品物の購入）で毎月二〇万円プラス・アルファのお金が出て行く。しかし、家の建築費の全額を負担した上に、毎月の生活費を利夫と折半していた麗子には、貯えと呼べるほどのお金は残っていなかった。障害者年金は年に九〇万円程度である。

この後夫婦の間でいろいろなやり取りがあったらしいが、間もなく離婚したため、私が年一五〇万円を負担することになったのである。

8　要介護度三

発病してから一〇年目の二〇〇六年はじめ、道子は要介護度三の認定を受けた。認定基準を見ると、〝移動などの動作や立位保持などの動作が、一人では出来ないことがある。身の回りの仕事や排せつなどが、自分一人ではできない。いくつかの問題行動や、理解の低下がみられることがある〟と記されている。二と三の区別は、一と二の場合同様、医師の主観に依存する部分が多い。

理解の低下は見られなかったものの、一年前に比べて病気は確実に進行していた。春になっても、道子が別荘のことを口に出さなかったのは、ドライブに耐えられる時間が、一時間程度になってしまったからである。

別荘に行けなくなれば、〝終了計画〟を実行することは出来ない。それに、心臓手術のあと不整脈から解放された道子は、「あなたが定年になるまで頑張るわね」と言いながら、精一杯リハビリに取り組んでいたから、計画を実行するのは（仮に実行するとしても）、まだ先のことだと思っていたのである。

私は時折車椅子を押して、近所の亀戸天神にお参りに出かけて、息子たちの幸運と成功を願った。階段を上ることが出来ない道子は、お賽銭を上げる夫に合わせて合掌するだけだった。

昨年までよく通った天ぷら屋は、入り口の石段が心理的なバリアになり、残ったのは〝いい息子さん〟発言の中華料理屋だけになった。開店と同時に奥の個室に案内してもらい、人目を気にすることなく（このころは、口に入れた食べ物の半分近くがこぼれおちるようになった）、好物のかに玉、酢豚、五目焼きそばなどを、少しづつ食べてもらった。持参したパックに詰めて持ち帰った食べ残しは、翌日の私の昼食に化けた。

要介護度三にランクアップしたおかげで、介護保険の給付金は月額二六万七〇〇〇円にアップし、ヘルパー・サービスが週二時間分追加された。そこでウィークデーは、一二時から二時までと四時から四時半までの介護サービスと、朝九時から一時間、「墨田ハートランド」のボランティア・サービスを受けることにした。

九時、一二時、二時、四時半にトイレ介助をしてもらえば、私の帰宅が七時になっても、タンクは満杯にならないはずだ。

朝食は大好物である「銀座ダロワイヨ」のアングレーズ・トースト、フォーションのアップル・ティー、ヨーグルトなど。夕食は近所の寿司屋で握ってもらったお寿司、宮川のかば焼き、崎陽軒のシュウマイ弁当などのローテーションである。

先が短い道子には、好きなものを食べてもらいたかった。しかし二人分だと出費がかさむので、私は道子の食べ残しと、スーパーの惣菜&ビールで済ませた。

週末には、シチュー、カレー、スパゲッティ、チャーハン、五目寿司、炊き込みご飯、野菜いため、お化けそば（きつねそばの上に揚げ玉を乗せたもの）、サーロイン・ステーキ、天丼、親子丼などを作った。

週末の大事な仕事は、シャワーの手伝いである。秋から春は土曜日の朝八時、夏の間はこれにもう一回、麗子の見舞いに行かない隔週水曜日の朝と決めていた。身体があまり汚れない体質の道子は、週一回で十分だと言ってくれたが、夏の間はそれでは可哀想だ。

「毎日ヘルパーさんが来てくれるのだから、洗濯や掃除はパスして、シャワーを浴びさせてもらったらどう」

「ヘルパーさんよりあなたの方がいいわ」

「そうか。おれの方がいいのか」

「そうに決まってるじゃない」

「嬉しいことを言ってくれるね」

車椅子を風呂場の前に運び、洗面台の前に置いた椅子に坐らせて服を脱がせる。敷居をまたいで、予め暖めてある風呂場に入り、介護用の椅子に坐らせてお湯加減を調整したあとは、「終りました」という声がかかるのを待つ。

バスタオルで身体を拭いて、服を着せ終わるまで約三〇分。すべてを私に任せている道子を愛おしいと思う一方で、裸身を見ても何の興奮も覚えないことに、寂漠たる気持ちを味わうのだった。

この頃の私は、ウィークデーは朝五時から六時半までと、夕方五時半から九時まで、そして夜中一~二回の用便介助の合計五時間余り、そして週末は七~八時間道子を介護した。一週あたりでは四〇時間になる。このほかに、本業に週四〇時間を投入していたから、年間で五〇〇〇時間近く働いていたことになる。

しかし家を出るときの「行ってらっしゃい。なるべく早く帰ってね」、帰った時の「お帰りなさい。待ってたわ」という言葉と、時折笑顔を見せてくれれば満足だった。

一方、隔週一回と決めた麗子の慰問は苦行だった。三〇年にわたって蓄積された憎しみは、容易なことでは消えないだろう。兄と差別された私も母親を恨んでいたが、それは憎悪と呼ぶほどのものではなかった。しかし、利夫の口を借りて投げつけられた憎悪の矢は、裕二のそれに匹敵するものだった。

麗子を、〝女の子〟として特別扱いしなかったのは事実である。しかし、男女同権という旗印の下で育った私には、女の子を優遇するという発想はなかった。また健一のわがままを許したことも認めないわけにはいかないが、それは麗子も知っているとおり、いくら言っても、自分を押し通そうとする健一の頑固さに負けたからだ。

一方、裕二を特別扱いしたのは、紛れもない事実である。お金がかかる私立の中高一貫校に通わせたこと、歯列矯正に大金を投じたこと、上の二人のラジカセや自転車が量販店で買った安物だったのに対して、その三倍もするブランド品を買い与えたことなど。

しかしそれは、上の二人のときは経済的余裕がなかったからだし、そもそも麗子が九つも齢が違う弟を、本格的に嫉妬するとは思わなかったからだ。事実、嫉妬深い私でも、父が八つ年下の弟をどれほど特別扱いしようが、自分よりはるかに可愛いのだから当然だ、と思っていたのである。

隔週水曜の朝、私は七時前に家を出て、江戸川べりの介護施設に向けて車を走らせた。八時過ぎに到着して、ラウンジで周囲の耳を気にしながら、一時間あまり話をしたあと、九時半には退出して大学に向かう（月一～二回の慰問は、中大を定年退職したあとも続けた）。

お菓子や果物を渡したあと、話すことは最近の体調、施設からの請求書、麗子がカードで買った商品の代金請求の説明と確認、前回届けたお菓子はどうだったか、次に来るときは何を持ってくればいいか、などに限った。時折道子の体調を尋ねられることもあったが、適当にはぐらかした。

家に帰ると、道子は娘の具合を聞いた。しかし私は、これに対しても答えをはぐらかした。きちんと食事を摂っていること、施設のサービスには満足していること、平均八〇歳の認知症老人から、娘のように扱われていることなどは伝えた。しかし、病状が道子といくらも違わないことを伝えても、いいことは何もない。

道子は若いころから、母親の病気が気になっていたはずだ。しかし、当時は原因不明の奇病とされていたから、それが娘に遺伝するとは思わなかった。麗子の発病を知った時、道子は自分がこの病気に罹っていることが分かった時以上のショックを受けたようだ。

病気が子供に遺伝する確率は、二分の一である。したがって、三人の子供のすべてがシロである確率は、わずか八分の一である。一人はクロだった。では他の二人は？

道子は、「健一はあなたに似ているからシロよ」と言っていた。では道子に似ている裕二はどうか。この件についても、「あの子は指先が器用だからシロよ」と言っていた。そう言わなければ、立つ瀬がなかったのだろう。

私は道子の意見に同意した。しかし心の中では、どちらも二分の一だと考えていた。つまり四分の一の確率で、三人とも黒の可能性があるということだ。

道子が第一の難病を発症するまで、家族の将来には一点の曇りもなかった。ところが一五年後の今、私は暗黒の中をさまようことになったのである。気丈な道子は、愚痴をこぼすことはなかった。しかし、時折涙を拭いている姿を見るたびに、私の胸はつぶれた。長い結婚生活の間、道子が涙をこぼすことはほとんどなかったのである。

二〇〇七年の正月、私は例年より豪華なおせち料理を注文した。自宅で一緒におせちを食べるのはこれが最後かもしれない、という予感があったためである（実際そうなってしまった）。

半年ほど前から、寝返りが打てなくなっていたし、用便の際も一〇〇％介助が必要になった。またここ一〜二カ月の間に、急に言葉が不明瞭になった。主治医が、「言葉がはっきりしている間は心配ない」と言っていたことから推して、危険水域に近づいてきたのだ。

週末は食事の準備と摂食介護、六〜七回の用便、シャワー、外食、買物などに時間を取られたが、家では仕事をしないと決めてからは苦にならなかった。

かつて読書マニアを任じていた道子は、二年ほど前から本が読めなくなった。眼球のコントロールに不具合を生じてからは、片方の目を眼帯で隠して読書していたが、その後指先の機能が衰えて、ページをめくることが出来なくなったためである。可哀想だと思った私は、〝朗読者〟を買って出た。

新聞記事や週刊誌のほかに、道子が愛読していたアガサ・クリスティーやエラリー・クイーンの代表作をいくつか読んであげた。しかし、謎解きものは一気に読まないと途中で分からなくなる。その上、登場人物が外国人だと、誰が誰なのか区別がつかなくなる。

そこで、宮部みゆきの『火車』を読むことにしたのだが、読み始めて暫くすると頭が下を向く。「聞いている?」と尋ねると、「聞いてるよ」と返事する。しかし実は、半分くらいは眠っているのである。

次の晩に、どこまで覚えているか尋ねると、最初の四ページだけということも珍しくなくなった。二年前に、同じ宮部みゆきの『理由』や『模倣犯』を読んだときは、このようなことはなかった。

そこで長編はやめて、阿刀田高の短編を読むことにした。ところが、名手と言われているにも拘らず、道子が◯を付けるのは精々三つに一つである。そこで私が先に読んで、面白いものをピックアップした。しかし、◯が付くのは依然として三つに一つだった。

眠らずに聞いてくれた最後の長編は、桐野夏生の『魂萌え』である。夫に先立たれた平凡な主婦が、夫に愛人が居たことを知ってうろたえ、悩み、そして自立するまでの物語である。

女性作家特有の〝生々しい〟表現に衝撃を受けた私は、途中で読むのを中止したくなったが、道子は目を大きく開けて最後まで聞いてくれた。そこで、二匹目のどじょうを狙って、同じ桐野夏生の代表作『柔らかな頬』を読み始めたが、ほとんど眠っているので、途中でページを閉じてしまった。

ところがこのあと、お気に入りの新人作家が登場した。

中央大学に移って以来、私は仕事の合間に、〝二〇世紀エンジニアの物語〟を書き続けてきた。その中の一冊、『東工大モーレツ天才助教授』を読んで聞かせたところ、「凄く面白いわ。もっと読んで」と催促してくれた。白川浩という一万人に一人の天才の、怒涛の半世を描いた物語である。

気を良くした私は、四〇〇枚の原稿を三日で読み終えてしまった。次に何を読もうか迷っていたところ、道子は「あの原稿をもう一度読んでくれない」という。そこで、一回目に読んだ時に気がついた文章のムラや、道子が「分かりにくい」と言った部分を修正したところ、「ずっと分かりやすくなったわ」と言ってくれた。

この時に気がついたのは、文章は朗読することによって、分かりやすくなるということである。また二度、三度と朗読を繰り返すたびに、次第に良くなるということも。昔どこかで「世に名文家なし。あるのは名推敲家のみ」という文章を読んだことがあるが、芥川龍之介、森鴎外、三島由紀夫、江藤淳など、一握りの名文家を除けば、ほとんどの作家は推敲に推敲を重ねているのだろう。

以後私は、新しい原稿が完成するたびに、少なくとも二回ずつ読んで聞かせた。夫の個人的体験をベースとするノンフィクションには、道子が良く知っている人物が登場するから、下手なミステリーより面白かったのだろう。

不治の病を抱え、日々身体の自由が利かなくなっていく状態の中でも、道子は健気に病気と闘っていた。ヘルパーさんの、「奥様はよく頑張っていらっしゃいます」という言葉を、私は誇らしい気持ちで聞いた。決して弱音をはかない道子を見ていて、自分だったらとてもこういうわけにはいかないだろう、と舌を巻いていたのである。

厄介なのは、筋肉の硬直が進んだためか、それともお尻の肉がそげたためか、一時間ごとにベッドと車椅子の間の移動を繰返すようになったことである。日本製の椅子はどれも気に入らず、何回も買い替えたあと、デンマーク製の椅子と特製クッションを使うようになってから安定したが、秋口に入ると、坐っていられる時間は一時間以下になってしまった。

起きている間は、厭くことなくニコリの「数独」や「カックロ」などの数理パズルをやっていた。しかし数字は枠からはみ出し、本人でなければ判読できない状態だった。そこで私は近所のコンビニで、二倍に拡大したコピーを作成した。

ベッドに移動したあとは、ラジオに耳を傾けながらウトウトする。しかし一時間もすると起きたいという。具合が悪いときには、三〇分おきにこれが繰り返される。腰が悪い老人にとって、ベッドから椅子への移動は辛い仕事である。

二〇年以上ウォーキングで健康を維持してきた老人は、週七万歩の目標を達成するため、土、日は早朝の一時間で五〇〇〇歩、夕方の一時間で五〇〇〇歩、そして昼の間にもう五〇〇〇歩以上歩かなくてはならない。

一九八二年に東京に移住して以来続けてきたエクササイズで、目標を達成出来なかったのは、一二〇〇週のうち五〇週だけである。徹底した目標管理に従ったおかげで達成された記録だが、これは一時間くらい家を空けても心配がないから出来たことである。

ところが、三〇分以内に帰らなくてはならないと、目標達成は難しい。万一の場合にはすぐ家に戻ることができるように、車通勤の日数を増やしたため、ウィークデー五日間で四万歩にも届かない。

そこで、腕立て伏せ二〇回プラス腹筋二〇回を一〇〇〇歩に換算するスキームでやりくりしていたのだが、道子を抱えあげる際に腰を痛めてしまった。ここで無理すると、五度目のギックリ腰になる。そうなったら――。こうして私の記録は途切れた。

〝このようなことになったのは、道子が三〇分ごとにベッドと椅子の往復運動を繰返すためだ〟。考えてみれば、道子のせいで出来なくなったことは、これ以外にも沢山あった。海外の大学からの招待を何度も断ったし、本来であれば参加しなくてはならない研究集会への出席も見合わせてきた。

すでに、〝レフェリー付き論文一〇〇編〟という目標を達成したのだから、もはや研究はやらなくてもいいのかもしれない。しかし、精魂込めて育ててきた木が大きくなり、枝に果実が実っているのに、それを採りに行くことが出来ないのだ。こうして私の中に、道子を疎ましく思う感情が沸き出した。

病状は着実に悪化していた。年の初めから睡眠障害が出て、四月からは昼夜逆転が起った。そこで、医師が睡眠薬を処方したところ、翌日夕方まで眼が覚めない、と言って泣いた。

一方、弱い睡眠剤を処方すると、悪夢にうなされて一晩中泣き叫ぶ。問題は、道子の声がトランペットのように響くことである。越中島の公務員住宅に住んでいたとき、ベランダから顔を出すと、五〇メートル先からでも道子の声が聞こえたくらいだ。

われわれの住居はマンションの南端にあって、道子は南側の部屋を使っているから、隣の家から苦情が出ることはないが、上の家から文句が出る可能性は十分にある。

泣きやませようとして身体を揺すっても、目を覚まさない。こういう時は、悪い夢を見ていることが多い。〝腰から下が抜け落ちて、行方不明になってしまった……〟。〝手が滑って、赤ん坊を床に落としたところ、頭が割れて血が流れ出してきた……〟。〝身体が空中に浮き上がり、無限の宇宙を浮遊している……〟。

この病気は、進行すると睡眠障害が起こり、悪夢に襲われることは珍しくないということだ。しかし、深夜に何回もこれにつき合わされると、介護する側もおかしくなる。実際、難病患者を介護している人の何割かは、鬱の症状が出ているという。

自分が鬱だと思ったら最後、それはどんどん進行するから、私は自分に「俺は鬱じゃない」と言い聞かせるようにしていた。しかし、このようなことをすること自体、おかしいことの証拠である。そしてある夜、私はとうとうやってしまったのである。

九時にベッドに入り、一二時過ぎにトイレ介助に起きたあと、ワインを飲んでうとうとしているところに、泣き声が聞こえてきた。飛び起きて道子の部屋を覗き込むと、ベッドの上で手を振り上げて泣き叫んでいる。身体を揺さぶっても、上半身を抱え起こしても、目を覚まさない。

何とかして泣き止ませようと思った私は、道子の頬を手の平で叩いた。それでも泣き止まないので、更にきつく叩いた。その瞬間、道子は眼を開いて叫んだ。

「ぶったわね。酷いわ。酷い！」

「泣き声が大きいので起こそうと思って、つい手が出てしまった。ごめんね」

「ひどい、ひどい、ひどい！」

ますます大声を上げる道子を、私はさらに叩いた。

子供時代の私には、暴力的性向があった。小学校低学年時代の、トンボの羽むしりと蛙の花火爆殺は、悪がきの定番メニューだった。高学年になってからは、猫イジメである。食べ物でおびき寄せて尻尾をつかむ。嫌がる猫は爪を出し、手を咬もうとする。それをかわして、更に強く尻尾をつかむ。

最初はこの程度で済んでいた。ところが次第にエスカレートして、尻尾を持って振り廻しぶん投げた。猫はひらりと身体を回転させて着地する。それが面白くて更に遠くに投げる。すると身体を回転しそこなった猫は、背中から落ちてギャッと叫び声をあげヨロヨロと歩いて行ったきり、姿を見せなくなった。〝打ちどころが悪くて死んでしまったのか?!〟。

悪いことをしてしまったと反省して、その後猫いじめはやらなくなった。そしてこの時私は、ひとたび暴力をふるったら最後、それは次第にエスカレートしていくということを知ったのである。以後私は、どのようなことがあっても、暴力をふるうことは慎んできた。それなのに、その禁忌を破ってしまったのだ。

利夫が麗子にＤＶを働いていることを知った時、自分もそのようなことをする可能性があると思ったが、実際にやってしまった後、私は利夫に同情するようになった。

9　要介護度四

二〇〇七年三月、道子は要介護度四の認定を受けた。その要件は、〝移動時の動作や立位保持が、自分一人ではできない。身の回りの世話や排泄がほとんどできない。多くの問題行動や、全般的な理解の低下がみられることがある〟と記されていた。幸いなことに、依然として道子には、〝問題行動や理解の低下〟は見られなかった。

要介護度二から三までは二年の間隔があったのに、三から四までは一年しかなかった。〝一年後には要介護度五、つまり寝たきり状態になるのだろうか〟。こう考えたとき、私は背筋を氷水が流れ落ちるような感覚に襲われた。

要介護度四に〝昇格〟した道子は、ウィークデーは一二時から二時半までと、四時半から五時までヘルパーさんを頼んだ。このほかに朝九時から一一時まで、「墨田ハートランド」のボランティアによる、（無料の）〝話し相手サービス〟を依頼した。二時半から四時半まで二時間の空白が出来るが、この間は横になってラジオを聞いていた。

要介護度四の人には、月額三〇万円強の介護保険料が支給されるので、一週あたりもう二～三時間の介護枠がある。しかしこれは、週末に出勤しなくてはならないときや、夕方遅くなる場合にとっておくことにした。

交替でやってくる四～五人のヘルパーさんは、人柄がよく信頼できる人たちだった。しかし、重労働の割に恵まれない待遇が、制度変更によって更に悪くなった。これでは、嫌気がさしてやめる人が出ても仕方がないと思っていたところ、半年もしないうちに二人が入れ替わった。四～五人のヘルパーさんの中で、われわれが最も頼りにしていたのは、五〇代はじめの浦沢さんである。子育てと老親の介護が終ったあと、それまでの経験を役立てようとしてこの仕事に就いた人である。ところが、はじめから反対していた夫が、なるべく早く辞めるようにプレッシャーを強めていた。

要介護度四の人は、要介護度二の人に比べて余分な手間がかかる。ところが、それに比例して報酬が増えるわけではない。使命感がある浦沢さんは、悪条件の中でも精一杯対応してくれた。

他のヘルパーさんから、道子を担当する回数を減らすよう要望が出たためか、次第に浦沢さんが担当する時間が増え、全体の三分の二をカバーするようになった。妻が消耗しているのを見かねた夫は、一層圧力を強めた。

ケア・マネージャーが、「デイケア・サービス」を薦めるようになったのは、ヘルパーさんの割り当て作業に支障が生じたからである。

自宅介護の場合、家人は夜の間家を空けることが出来ない。事実、二〇〇六年に入ってから私は、交通の便が悪いところ、たとえば広島に出張するときでも、夜一一時までには帰宅するようにしていた。

しかし、ギックリ腰やインフルエンザで入院すれば、夜間もヘルパーさんを頼まなくてはならない。急に人手が手配できるとは限らないし、コストもかさむ。このようなときのために用意されているのが、一日単位で要介護老人を受け入れてくれる「デイケア・サービス施設」である。

調べてみると、空きがある施設は近所にもいくつかある。しかし、そのほとんどは四人部屋だから、夜間に泣き叫ぶ人は受け入れてもらえないだろう。こう思っていたところ、ケア・マネージャーから勤務先に電話が掛って来た。

「以前から奥様に、デイケア・サービスをお勧めしているのですが、ご主人様はいかがお考えでしょうか」

「私が調べた限り、ほとんどは四人部屋のようですね。家内は夜泣きするので、個室でなければダメだと思います」

「睡眠薬を多めに処方してもらえば、眠れるでしょう」

「本人は、強い睡眠薬はいやだと言っています。まだ当分は自宅介護でやれますので、この件はお断りします」

「お気持ちは分りますが、私どもといたしましては、これから先、今までのようなやり方を続けていく自信が持てないのです」

「どういうことでしょうか」

「ヘルパーさんから苦情が出ていまして……」

「手がかかる人は面倒見切れない、ということでしょうか」

「今後のことを考えますと……」

「何か方法はないのですか」

「常時二人のヘルパーで対応する、ということでよろしければ可能です」

「一人分の費用は自己負担ということですね」

「そうなります」

「その場合、どのくらいの費用がかかるのでしょうか」

「週二〇時間として、月に三〇万円くらいでしょう」

「その程度で済むのであれば、何とかなります」

「御主人様は、腰の具合が悪いと伺っていますので、週末も頼むようになれば、四～五〇万かかるかもしれません。夜も頼むことになりますと、もっとかかります。中には、月に一〇〇万円という方もいらっしゃいます」

「一〇〇万！」

まだ現役だから、月三〇万なら何とかなる。五〇万でも当面は大丈夫だ。しかし一〇〇万となると、別荘を売っても三～四年がいいところだ。病状の深刻さからして、五年以上生きる可能性は小さいが、内臓に悪いところはないのだから、寝たきりになってから一〇年生きることもありえないわけではない。

ここに到って私ははじめて、自分が置かれている危機的な状況を認識することになったのである。

そこで道子と相談して、テレビで広告している「介護つき有料老人ホーム」から資料を取り寄せた。パンフレットを見た道子は、「良さそうなところがあれば、一度見に行ってくれないかしら」という。

要介護度二の認定を受けたとき、特別養護老人ホームを経営している友人に、アドバイスを求めたことがある。このときは、「介護施設はあてにならない。たちの悪い土建業者などが、介護ビジネスに参入しているから、中にはひどいところもあるらしい。実態を知るには、入居者の話を聞くか、自分が入ってみるしかない」と言われたが、どうしたものか。

こう思っていたところに、願ってもない資料が手に入った。『週刊ダイヤモンド』誌が、介護施設のランキングを発表したのである。この雑誌は、一〇年ほど前に大学ランキングを発表して評判になったあと、ホテル、ゴルフ場、航空会社、企業別平均年収ランキングなどに手を広げて部数を伸ばしてきた。そして今回は、読者の要望に応えて、「介護つき有料老人ホーム」を取り上げたのである。

立地、設備、入居者一人当たりの介護士数、介護士の保有資格数、夜間サービスの五項目について、各二〇点満点で採点したもので、五年以上の営業実績を持つ、関東地区の施設がリストアップされていた。得点は、上は九五点から下は三五点まで様々である。入居権利金は一億以上のところもあるが、大半は二～三〇〇〇万円止まりで、月々の支払いも二～三〇万円程度である。

そこで、夜間サービスが一〇点以上で、自宅から五キロ以内のところにあるものをピックアップして、順番に電話をかけることにした。ところが、そのようなものは二つしかなかった。しかもどちらも満室で、一方は六〇人待ちだという。遠くてもよければいろいろある。しかし、神奈川や埼玉というわけにはいかない。

二〇〇七年四月まで、私も道子も、これから先も当分の間自宅で過ごすことは可能だと考えていた。ところが、ここに不測の事故が起こった。

ゴールデン・ウィーク直前のある日、いつも通り六時前に大学から戻ると、エレベーターを降りたところで道子の悲鳴が聞こえてきた。

要介護度二の認定を受けたあと、われわれは月々五〇〇〇円を払って、セコムのホーム・セキュリティー・サービスに加入した。何か問題が起こった時に、胸にかけてあるブザーを押すと、一〇分以内に係員が駆けつけてくれる。係員だけではない。ほぼ同時に救急車もやってくる。

道子は既に数回そのお世話になっていた。車椅子でうたた寝して床に転がり落ち、緊急ブザーを押すケースが多いのだが、今回は声が大きすぎる。何が起こったのかと思いながら、鍵を開けて中に入ると、道子がベッドの上で腕を虚空につきだして絶叫していた。

リハビリの看護士が、道子をベッドから椅子に移動させる際に、誤って手をすべらせて床に落としたため臀部を強打したという。

看護師もヘルパーさんも、それほど大ごとだとは思わなかったようだ。痛み止めのボルタレンを処方すれば、数日で痛みは納まると判断したのである。一年半後になって、「腰椎陥没」

したものだ）。

だったことが分かるのであるが、その痛みは腎臓結石に匹敵するという（全く可哀そうなことを

ボルタレンの効果は六時間くらい持続するはずなのに、三時間で効かなくなる。一日四回までのところ、余りに痛がるので、医師には内緒で四時間ごとに六回処方した。

寝かせたかと思うと、一五分後には痛くて寝ていられないと絶叫する。ところが椅子に坐らせて一五分すると、また寝ると言う。夜の間中これが繰返されるのである。ウィークエンドは、ヘルパーさんは来ない。金曜の夕方から月曜の朝までの六〇時間の間に、私は完全に煮詰まってしまった。

煮詰まった男は、絶叫する道子の口を塞いだ。すると手を振り切って、ますます大きな声を出す。夜中にこのような大声を出すと、確実に上の部屋に届く。もちろん外からも聞こえる。〝どうか泣き止んでくれ‼〟。煮詰まった鍋からは、黒い煙とともに怒りの塊が噴き上げた。私はふたたび道子の頬を手のひらで叩いた。暫く前に悪い夢を見て泣き叫んだ時、頬を平手で叩いたことがあった。その時道子は、タオルを口に入れて死のうとした。猛省した私は、以後どのようなことがあろうとも、暴力を振るわないことを誓った。

〝それなのに、また殴ってしまった。もし道子が元気だったら、即座に家を出て行くだろう。殴ったのは、逃げ出せないことが分っているからだ。これ以上卑怯な行いはあるか〟。

私は道子に頬ずりして詫びた。反省するだけなら猿でも出来る。一五分後、私はまた殴った。それまでの理性的な道子と、泣き叫ぶ道子との落差が大きかったせいである。

私は結婚して以来ずっと、道子という妻を誇らしく思って暮らしてきた。何とかあの道子に戻って欲しい。私は向こう側に行ってしまった道子を、こちら側に連れ戻そうとして手を出したのである。

流山市役所の係員は、一旦暴力をふるえば、次第にエスカレートすると言っていた。私は猫いじめの経験でそれを知っていた。こんなことを繰返していたら、いずれ道子の首を絞めるかもしれない。

ヘルパーさんの話では、昼の間道子は落ち着いていたようだ（多分迷惑が掛らないよう、痛さを我慢していたのだろう）。ところが夜になると、のたうちまわって絶叫するのである。真夜中の狂乱につきあった私は、泣きやませようとして暴力をふるった。

暴力には習慣性があって、時間とともにエスカレートする。麗子の連れ合いは、母親に気付かれないよう、腹をけったり腕をつねったりしたらしいが、私もヘルパーさんに気付かれないように注意しながら、暴力をふるった。

そしてある晩、決定的な事件が起こった。真夜中に泣き叫ぶ道子の口をふさいだところ、道子が私の指に噛みついた。口から引き抜こうとしても抜けない。〝食いちぎられるかもしれない〟と思った私は、道子の腕にかみついた。まるで野獣と野獣の戦いである。おかげで食いちぎられずに済んだが、道子の腕に噛みついた歯の痕が残った。

ＤＶを見慣れているヘルパーさんが、これに気がつかないはずがない。身体を調べて見ると、頭にも何箇所か痣ができている。〝殴られた痕だ！〟。危機感を覚えたヘルパーの浦沢さんは、道子にアドバイスした。

「このままでは、いずれご主人を犯罪者にしてしまいますよ。なるべく早く、介護施設に入居した方がいいのではありませんか」と。それまで、まだ当分は自宅に住み続けたいと言っていた道子が、突然一日も早く介護施設に入りたいと言い出したのは、そのためではなかろうか。

こんな時に厚生労働省が、介護ビジネス最大手の「コムスン」に対して撤退命令を出した。二〇〇六年暮れの、保険金不正請求に端を発したこの事件は、ひとりコムスンに止まらず、介護ビジネス全体の信用を落とす結果を招いた。

テレビで報道される、折口社長のモラルなき経営に世間は驚愕した。しかし最も驚いたのは、まじめに働くヘルパーさんたちだったのではないだろうか。

コムスンの退場は決まった。しかし、要介護老人はそのまま残る。では誰がこの人たちの面倒を見るのか？　有力候補の一つは、訪問介護で業績を伸ばしてきた「ニチイ学館」である。

しかし、ニチイのヘルパーさんたちにとって、これは嬉しくないニュースだった。

訪問介護と違って、施設介護の場合は夜間勤務をはじめとして、より厳しい労働を強いられる。〝そのようなことにならないうちにやめる方が賢明だ――〟。ヘルパーさんの多くは、子育てを終えた主婦だから、やめてもすぐに生活に困るわけではない。

ヘルパーさんがやめたためか、訪問介護業務を縮小したためか、五月に入るとニチイ学館は、仕事の一部を地元の零細企業A社に委託した。この結果、週一〇回のうち五回を、A社のヘルパーさん四人が担当することになった。いずれも、近所に住む五〇代の主婦である。しかし週に一回程度しか来ないとなると、名前も覚えられない。

不安を募らせるわれわれに追い討ちをかけたのは、六月一杯でケア・マネージャーと浦沢さんの退職が決まったことである。三年以上面倒を見てくれた浦沢さんが居なくなれば、親身になって話を聞いてくれるのは、墨田ハートランドのボランティアだけになる。

10　シティ・ホテルとビジネス・ホテル

　ここに到って私は、介護つき有料老人ホームの探索範囲を、自宅がある墨田区周辺から、勤務先がある文京区に広げることにした。最初にフィルターにかかったのは、「サンクリエ本郷」という施設である。『週刊ダイヤモンド』誌によれば、評点は九〇点で勤務先にも近い。入居一時金は三五〇〇万、月々の経費は三〇万を超えるが、払えない額ではない。電話で問い合わせたところ、「一二〇室中一七の空室がありますので、いつでも見に来てください。よろしければ、すぐに体験入居されてはいかがでしょう」と言う。

　そこでその日の午後、この施設を見学に行った。東大農学部に隣接する八階建てのビルに入ると、そこにはシティ・ホテルのようにゴージャスな空間が広がっていた。フロントの女性はモデルのような美人で、高級レストランまである。

　二階のレクリエーション・ルームには、超大型のテレビや、様々な運動器具が並んでいた。

健常人や要介護度三以下の老人には、完璧と言っていい設備である。しかし、要介護度四の道子には使えないものがほとんどだ。

居室は約二〇平米、シティ・ホテルのシングル・ルームほどの広さがある。また複数の看護師が二四時間常駐しているだけでなく、介護士の数も多い。日本を代表する大企業の子会社が経営していることから推して、経営破綻の心配もなさそうだ。

しかし、このような施設に入居出来るのは、日本の最上級クラスに属するセレブだけである。周りがそういう人達ばかりだと、われわれのような〝普通の人間〟にとっては、住み心地が良くないかもしれない。それより大きな問題は、（かつての）要人たちが入居しているせいか、セキュリティ態勢が厳格で、たとえ家族でも、朝九時から夕方六時までしか面会できないことである。

道子が心臓手術で入院していた二週間、私は毎朝六時と夕方六時過ぎに病室を訪れ、一時間ほど道子と話をして過ごした。九時～六時ルールが厳格に適用されれば、昼休みとウィークエンド以外は道子の顔を見ることができない。このネックを解消するには、自分も一緒に住み込むしかない。

学生時代に習った〝秘書探し問題〟を思い起こせば、一つ目の候補で手を打つのは賢明とはいえない。しかしいくら探しても、適当なところが見つからない可能性もある。こういうときには、意思決定を先延ばしするのがいい。そのためには、プレミアムを払う必要があるが、それが僅か一〇万円で、しかも契約不成立の場合は全額返還と聞いた私は、即金で支払った。

入居しそうな客を相手に、担当職員は熱心に体験入居を勧めた。しかし私は、家族の説得に時間がかかることを理由に、体験入居は前期の講義が終る七月二〇日過ぎにしたい旨を告げた。

〝一七室も空いているなら、何も慌てることはない〟。

「サンクリエを見て来たけど、面会時間が九時～六時という点を除けば、申し分のない施設だよ」

「いくらかかるの？」

「入居時に一時金三五〇〇万と、月々三〇万くらいかな」

「そんなところ無理だわ」

「そのくらいのお金ならあるさ。それにあと四年近く給料を貰えるから、なんとかなるよ」

「もう少し安いところを探してくれない？」

「それがないんだよ。安くていいところは待っている人が多いし、空いているのは遠いところばかりなんだ」

「いつも言っていたじゃない。一つ目で決めるのはダメだって。吉村先生に聞いてみたらどうかしら。あの先生は、あちこちの介護施設を回っていらっしゃるから、情報をお持ちかもしれないわ」

「そうだね。明日の午後、診察に立ち会うことになっているから、その時に聞いてみるか」

吉村先生というのは、四月以来毎週一回、「Rクリニック」から派遣されてくる四〇代後半の女医さんである。ウィークデーの昼の往診なので、滅多に顔を合わせる機会はなかったが、この日は「相談したいことがあるので立ち会って欲しい」と頼まれていたのである。

相談事は、「夜眠れないときのために、軽い睡眠薬を処方しました。しかし余り効き目がないようなので、もう少し強い薬を処方したいと思いますが、いかがでしょうか」というものだった。道子は渋っていたが、結局はこの説得を受け入れることになった。

話が済んだあと、私は介護施設について尋ねてみた。

「このところ、ニチイ学館の都合で、ヘルパーさんが大幅に入れ替わりました。このままでは不安なので、介護つき有料老人ホームを探すことにしました。そこで本郷にある「サンクリエ本郷」という施設を見て来たのですが、何か評判をお聞きでしょうか」

「あそこには、毎週二回ずつ行っています」

「そうですか。どんな風にお感じでしょうか」

「設備は素晴らしいけど、ちょっとキンキラキンすぎるのではないかしら」

「そうですよね。それに、あれだけ豪華な設備があっても、道子には利用できそうもないものばかりなので、どうかなぁと思いました」

「文京区でお探しなら、あそこ以外にもいろいろありますよ。たとえば、白山にオープンした「アズハイム」は、施設長さんがとてもしっかりしているし、入居金もそれほど高くないから お薦めだと思います」

「そうですか。まだ空室はあるでしょうか」

「四月にオープンしたばかりなので、埋まっているのは四分の一くらいじゃないかしら」

「夜泣きする人でも入れてもらえるでしょうか」

「大丈夫、大丈夫。私からも言っておきましょう」

「そうですか。それでは明日にでも行ってみます」

『週刊ダイヤモンド』に載っていたのは、五年以上の営業実績がある施設だけで、二〇〇二年以降に開業したところは省かれていた。ところがここ五年の間に、新しい施設が続々とオープンしていたのだ。

〝白山なら大学から地下鉄で一駅、早足で歩けば二〇分少々の距離である。しかも、サンクリエほど厳しいセキュリティー態勢を取っていないから、朝晩会いに行ける。しかし道子は審査をパスするだろうか?〟。

サンクリエのパンフレットには、〝体験入居は、入居者が満足できるかどうかを確認するために実施する〟と書いてあった。しかし、あのような立派な施設に不満を覚える人はいないだろう。それにも拘らず、一週間の体験入居を要求するのは、施設側が入居者をチェックするのが目的ではなかろうか。

「アズハイム文京・白山」は、白山通りをはさんで東洋大学と向き合う、八階建てのビルの中にあった。サンクリエ本郷がシティ・ホテルだとすれば、ここはビジネス・ホテルと言えばいいだろう。シティ・ホテルを見たあとでは貧弱に映るが、道子にとっては必要かつ十分な条件を備えた施設である。

問題があるとすれば、経営母体が住宅建設会社だということである。世間で名が通った大手業者だとはいうものの、広い意味では〝土建業者〟の一種である。もう一つの問題は、夜間の介護体勢がやや手薄なことである。しかし、サンクリエにはない二人部屋に入れて貰えば、週に何回か私が泊まって、介護に協力することも出来る。

はじめに入居一時金七五〇万円を払い込めば、月々の経費は三〇万円以下で済む。つまりサンクリエの三分の一の費用で、三分の二のサービスを受けることができるわけだ。

説明を聞いた道子は、ピッタリの施設が見つかったことを喜んでくれた。そこで早速、施設長とケア・マネージャーのインタビューを受ける手はずを整えた。吉村医師から情報を得ている以上、基本的に受け入れの方向で考えているはずだが、問題は夜泣きだ。吉村医師には〝たまに〃夜泣きすると伝えてあったが、その実態は伝えていなかったのである。

睡眠薬を服ませれば夜は眠ってくれる、と思ったのが大間違い。夜の間中泣き叫んで、外が明るくなる頃になって効き始めて、夕方まで影響が残るので、服用を止めてしまった。

六月末の土曜日、道子はいつもより体調が良く、一時間にわたるインタビューに上手に対応してくれた。〃体験入居の際には、私が添い寝すればごまかせる。一旦入居してしまえばこっちのものだ〃。ところが最後になって、同席していた営業マンが口を挟んだ。

「当面は一人部屋をご利用頂くことになりますが、それでもよろしいでしょうか？」

「どういうことでしょうか？」

「介護士の配置の関係で、二人部屋がある七階をオープンするのは、四階と五階が埋まってからにしたいのです」

「オープンはいつ頃になるのでしょうか」

「今のペースで行けば、一一月頃のはずです」

「道子、どうする？」

「一一月までなら待てるわ」

「分かりました。体験入居はどうなさいますか？」

「その件については、改めてこちらから連絡いたします」

〝一人部屋に入居させると、夜の間トランペットのような声で泣き叫ぶだろう。これが一週間続けば恐らくバツだ。今すぐ体験入居するより、少し体調が安定するまで待った方が賢明ではないだろうか〟。ところがその後、そう言ってはいられない事態が発生するのである。

インタビューを終えた翌々日、墨田ハートランドの責任者から電話がかかってきた。

「申し訳ございませんが、六月一杯でサービスを打ち切らせて頂くことになりました」

「藪から棒にどういうことですか。急に言われても困りますよ」

「私どもは、奥様のお話し相手ということで、ボランティアを派遣しておりましたが、このところトイレの介助などもお手伝いするようになったと聞きました」

「それは、以前からお願いしていたことですが」

「当方は、介護をやってはいけないことになっております」

「トイレに付き添ってもらうのはダメなんですか」

「それは介護なんですね。私どもは、あくまでもお話し相手が仕事なんです」

「そんなこととは知りませんでした。一年以上トイレの介助をお願いしてきたのに、今更ダメといわれても……」

「これは決まりなんです。介護と話し相手サービスは別だということです」

「急にそう言われても、人手の手当てが出来ないので、何とかなりませんか」

「人手の件は、ケアマネさんと御相談下さい」

「コムスン事件の影響でゴタゴタしていて、ケアマネは今月で辞めると言っていました」

「やめれば新しい方が見えるでしょう。ともかく私どもは、介護サービスを引き受けるわけには行きませんので、今月一杯で終わりにさせて頂きます」

つまりはこういうことだ。これまではあまり手がかからなかったので、トイレ介助を黙認してきた。ところが要介護度四に昇格してから、かなり手間がかかるようになった。禁止されている介護行為を行って事故を起こしたら、責任を問われるから、早めに撤退した方が賢明だ。相手が困っても、それはこちらの与り知らぬことである——。

六月一杯で、ケアマネと浦沢さんが辞める。その後ニチイは、週一回だけヘルパーを派遣して、残りは地元の零細業者に丸投げする予定だ。その上、最後のよりどころであるボランティアさんまでも、六月一杯で辞めるのだ。

この話を聞いた道子は、パニックを起こした。信頼していた人がすべて辞めるのだから、無理もない。〝こうなった以上、一日も早くアズハイムに入れてもらうのが賢明だ〟。

一昨日までは、まだ余裕があると言っていたのに、一日も早く体験入居をお願いしたいという私の依頼に、(中央大学出身の)営業マンは驚いたようだった。しかし事情を説明すると、一〇日以内に準備を整えることを約束してくれた。

気づまりだった公務員住宅を出て、錦糸町のマンションに移ったのは、第二の難病が確定する直前の一九九五年四月だった。錦糸町を選んだ理由は、成田空港への便が良いこと、駅前に六つの映画館があること、「丸井」に続いて近々「そごうデパート」が出店すること、数年後には地下鉄半蔵門線が水天宮から延伸してくること、そして何よりもマンションの値段が割安だったことである。

道子はここに移った時珍しく、「次の引越し先はお墓ね」とジョークを飛ばした。ところがその前に、もう一度引越しすることになったのである。

残念なことに、このマンションに住んだ一二年の間に、道子が成田に行く機会は一度もなかった。映画館も一～二回行っただけだ。

六月末で辞めるはずだった浦沢さんは、七月に入っても、友人として荷作りを手伝ってくれた。面倒なのは、運び入れるすべての衣料に名前を書くことである。マジックで大きく書かれた自分の名前を見ながら道子は言った。「病院に入院するときと同じなのね」と。

病院なら、病気が治れば家に戻ることができる。しかし体験入居でＯＫが出れば、二度とここに戻ることはないのだ。

第二部　施設介護

1　収容所

二〇〇七年七月四日の午後、私は身の廻りのものを車に積み込んで、道子を乗せた介護タクシーのあとを追った。一週間後にＯＫが出たら、道子はそのままアズハイムで暮らす。だめな場合は、サンクリエに体験入居する手はずになっていた。しかし私は、何が何でもアズハイムに入れてもらおうと考えていた。

サンクリエの場合は、早朝や夜間に面会したければ、私自身もそこに入居するしかない。二人分の入居一時金七〇〇〇万円を払うためには、自宅と別荘を処分しなくてはならないし、年金生活者になってから、月々六〇万円の支払いはきつい。それより、アズハイムに断られるようであれば、より格式が高いサンクリエでも断られるだろう。

〝七日間の体験入居は、最初の三日間が勝負だ。三日を大過なく過ごしてくれれば、多分四日目にはＯＫが出る。一方、三日続けて大泣きすれば見通しは暗い。吉村医師は、夜泣きするだけで断られることはないと言っていたが、相手だって商売だから、面倒な人は避けたいと思うはずだ〟。いざというときは、ウルトラC戦略が残されているが、その後遺症に耐えられる自信はなかった。

一時半に到着して看護師の問診を受けたあと、ベッドに横たえられた途端に、道子は悲鳴を上げた。数年にわたって前屈みの生活を続けたため、背骨の中央部分が外側に飛び出している。その上、腰とお尻の骨を痛めているのだから、板のようなベッドが辛いことは良く分かる。

もっと軟らかなマットレスに替えてもらうよう頼んだが、これ以外のものはないと言う。そこで、二つに折った掛け布団を敷いてみたが、それでも具合が悪い。その上に毛布を敷いて、何とか我慢できる状態にはなったものの、これでは夜泣きは必至だ。

部屋の広さは約一八平米。ビジネス・ホテルのシングル・ルーム程度である。しかし、全体の四分の一がトイレだから、居住スペースは一〇平米ほどである。

ちょうど六時に、同じフロアにあるラウンジで夕食が出た。おかずは鯛の煮付け、ホーレン草のゴマあえ、サトイモの煮転がし、それに缶詰のフルーツが少々、味噌汁とゴハンという組合せである。味はまずまずだったが、道子はほんの少ししか口を付けなかった。

七時過ぎにベッドに入った道子は、一〇分眠ったかと思うと三〇分泣く一夜を過ごした。隣の部屋で寝ることになった私は、ベッドの硬さと道子の泣き声に耐えられず、一二時過ぎから道子の横であやし続けたが、ほとんど効果はなかった。

眠れない一夜を過ごしたあと、朝五時過ぎに自宅に戻り、それまで使っていた電動マットレスを施設に運んだあと七時に大学に出勤し、講義、会議などを済ませて、夕方五時半に施設に戻った。昼の間泣いて過ごした道子は、さすがにくたびれたと見え、昨晩よりよく眠ってくれたが、それでも一時間ごとに大声を出した。

その都度私は跳ね起きて、タオルで顔を拭いてあげたが、目を覚ましてくれない。手が出そうになるのを堪えながら二晩目を過ごしたあと、一〇年ぶりに本格的な不整脈が出た。

〝これ以上無理すると、頓死するかもしれない。二日続けてバツがついたから、三日目もバツになると入居は覚束ない。しかし、ここは一晩ゆっくり眠るしかない〟。こう思った私は自宅に戻り、ワインを飲んで寝た。五〜六時間眠ったあと不整脈は収まっていた。

翌朝施設に戻った私は、ケア・マネージャーの表情を見て、前夜何が起こったのか見当がついた。しかし、吉村医師の楽観的言葉と、私の気休めを真に受けている道子は、ＯＫが出ると信じているようだった。

六日目の夕方、私は施設長から呼び出された。

「明日で体験入居期間が終りますが、もう三日間様子を見させて下さい」

「どういうことでしょうか？」

「奥様は御主人様に強く依存して居られますので、一人で暮らすようになったとき、どういう状態になるか心配なのです。この先三日間、ご主人には御自宅に戻って頂いて、一人のときにどのような状態になるか見てみたいのです」

「三日目の晩は、一人で過ごしたはずですが」

「――――」

「ダメということでしょうか。こちらで受け入れて頂けなければ、妻はパニックを起こします」

「まだダメだと決まったわけではありません。ダメでも、介護施設は他にも沢山あります」

「適当なところを紹介して下さる、ということでしょうか？」

「仮にダメでも、このまま放り出すようなことは致しません。別のところを探すお手伝いは、責任をもってやらせて頂きます」

「しかし、こちら以上にいい施設が見つかるとは思えません。お願いします。この通りです」

〝ついにウルトラC戦略を発動するときが来たのだ〟。私は床に正座して、頭を下げた。

「もし入れて頂けなければ、自宅に戻るしかありません。そうなったら、私は妻の首を絞めるでしょう。実際この間は、その寸前まで行ったのです。入れて頂けるなら、私はずっと妻のそばで過ごします。結婚して四五年になりますが、妻が私に依存している以上に、私は妻に依存していけます。妻のためなら、どんなことでもします。同じ部屋に住みこんで、夜の間介護のお手伝いをしますので、どうかここに入れて下さい。お願いします」

言っていることは嘘ではないが、本当でもなかった。〝こんなところで、監禁生活を送るなんて真っ平だ。せいぜい週に二〜三泊して、あとは自宅で過ごそう。ともかく入れてもらえばこちらの勝ちだ。

一旦入居したあと退居を求められるのは、「費用を滞納した場合、暴力を振った場合、違法行為（商業行為など）を行った場合、入院加療が必要になった場合に限られる」と規約に明記されている。痛み止めや睡眠薬が効き始めればおとなしくなるし、夜泣きさえしなければ、標準的な要介護度四の老人に過ぎない。このような施設を経営していく上では、国からの給付金が多い人を、何人かは受け入れる必要があるはずだ――〟。

ややあって、施設長は重い口を開いた。

「そこまで仰るなら、上の者と相談してみますので、あと三日だけ様子を見させて下さい」

三日目の夕方、私は施設長、ケア・マネージャー、そして営業担当と向き合っていた。

「いろいろ検討致しました結果、お引受けすることになりました」

「有難うございます。感謝します」

「ただし一つ条件があります。先日も申し上げましたが、奥様は御主人に強く依存していらっしゃいますので、一人では暮らせないでしょう。ですから、御主人様もここに住んでいただいて、私どもを助けて頂けませんか」

「分かりました」

自分で言い出したことだから仕方がないが、これが私の〝軟禁〟生活が決まった瞬間である。

「アズハイム文京・白山」は、都営三田線の白山駅から、白山通りを巣鴨方向に五～六分歩いたところにあった。前年に竣工したばかりの建物は、一階がエントランスと民間の託児所、二階が事務室、配膳室、ナース・ステーションと大きな食堂兼レクリエーション・ルーム。三階から六階までの各一〇室は要介護老人の居室。七階の一〇室は自立老人のための居室。そして八階は浴場とラウンジになっていた。

要介護度四の道子には、国から約三〇万円の介護保険金が支給される。個人負担は入居一時金七五〇万円、月額二六万円の施設利用料、そして三万六〇〇〇円の食費。一時金は、契約時に三〇％（二二五万円）が償却され、残りの七〇％は毎月九万円ずつ償却されて、五年後にはゼロになる。

一方介護が不要な自立老人は、入居一時金七五〇万円と、要介護度一の老人並みに、一八万円の施設利用料と食費三万六〇〇〇円を支払うことになっていた。二人分を合計すると、（入居時に償却される四五〇万円を除いて）はじめの五年間は毎月約六五万円、六年目以降は四七万円の負担である。

入居一時金を一〇〇〇万円に増額すれば、月々の負担は二〜三万円減る。一〇年以上入居する場合はこの方が有利だが、道子がそれほど長く生きるとは思えない。

では、一時金をいくら払うのがベストか？　施設側が料金設定を行う際には、（私の専門である）オペレーションズ・リサーチや統計学が強力な武器になる。しかし、入居者はいつまで生きるか分からないから、適当に決めるしかない。

われわれが住む三階の一〇室は、二〇〇七年の暮れに満室になり、その一年後には、三階から七階までの五〇室の九割以上が埋まった。要介護老人の半数以上は、認知症老人である。

入居当時の三階の住人は、六〇代のわれわれ二人、七〇代の元雑誌編集長と元都庁役人（二人とも男）、八〇代の元主婦四人の合計八人である。ほとんどは穏やかな老人だったが、元都庁役人だけは気が荒く乱暴なので、介護士たちから恐れられていた。

夕食の時に元編集長と、「君は僕の息子かね」「多分違うと思います」だとか、「電気屋さん。テレビを直してよ」「僕は電気屋じゃありません」といった言葉を交わしていると、向こう側に連れて行かれそうな気分になる。はじめて認知症老人と言葉を交わした私は、ショックを受けた。〝一〇年後には、自分もこうなるのか?!〟。

入居者のほとんどは、何らかの持病を抱えている。糖尿病や高血圧のような慢性病の場合は、看護師と二週間に一回診察にやってくる医師が面倒を見てくれる。しかし、常時医師の加療が必要になると、病院送りになる。

営業担当者にとって、われわれの受入れは望ましいことだったはずだ。二人分の入居一時金が入るし、介護士を集めにくい状況の下では、自立老人の入居は、経営上好都合だからである。その一方で、手間がかかる道子は、現場を与る側にとっては嬉しくない客だった。私が施設に住み込んで、介護士をサポートするという条件を勘案しても、受け入れたくなかっただろう。結局は、現場が営業サイドに押し切られたわけだが、施設長が一緒に暮らすよう釘をさしたのは、多少なりとも介護スタッフの負担を軽減しようと考えたためである。

こうして私は、生活拠点をアズハイムに移すことになった。しかし、たとえ施設長の要請がなくても、そうしていただろう。何故なら私は、道子に寂しい思いをさせたくなかったし、誰もいないマンションで夜を過ごす気になれなかったからである。それに、自宅、介護施設、大学を行ったり来たりするのは面倒である。

施設の中は介護士の監視下にある（その一方で介護士は私の監視下にある）。もちろん喫煙は禁止だし、帰宅が九時以降になる場合には、事前に報告する義務がある。また禁止されてはいないものの、お酒を飲んだあと、赤い顔で施設内を歩き回ることは憚られる。

私には、道子が病気になって以来守り続けてきた、いくつかのきまりがあった。夜の会合がない限り、八時までには寝ること。鍋や食器は、その日のうちに洗うこと、ゴミはその日のうちに片付けること、などなど。

その一方で、他人が決めたルールに従うのは願い下げだった。好きなときに好きなものを食べたいし、他人の迷惑にならなければお酒も飲みたい。そもそも還暦を過ぎた老人が、お酒も飲まずに眠れるだろうか。

施設の給食は栄養のバランスは取れているはずだが、けっしておいしいとは言えないし、配膳後二時間で（八時になると）廃棄処分される。五〇〇円を無駄にするのは残念なので、道子の分だけを注文し、自分は外食もしくはコンビニ弁当をチンして食べることにした。

自宅で介護していたときは、土、日は朝五時に起き、道子の朝食を用意したあと洗濯機を廻し、買物兼ウォーキングで約一時間。家に戻ってシャワーを浴びたあと洗濯物を干し、一〇時から昼食の準備。ビールに手が出そうになるのをこらえて、昼食を済ませた後待ちかねた一杯。そして、午後は缶ビール（小）六本を限度に、飲みたいときに飲む。これが私のストレス発散法だった。

七月末には、自宅から机と椅子、ベッド、クローゼットなどを運びこみ、近所の電気屋で中型の冷蔵庫と電子レンジを購入して、長期滞在態勢を固めた。

浦沢さんの退職、当てにならないニチイの介護体制、すみだハートランドの無情な撤退などでショックを受けた道子は、トランキライザーのおかげで、昼の間は落ち着きを取戻した。しかし、鎮痛剤や週三回のマッサージにも拘らず、腰とお尻の痛みは取れなかった。また夜間は、睡眠薬が効かなかったり効き過ぎたりで、夜泣きは止まらなかった。

〝医師によれば、この病気の場合、昼夜逆転や幻覚は珍しくないということだが、次から次に見る夢のすべてがおどろおどろしいものなのは、少女時代の辛い記憶が、次々にはがれ落ちて来るからだろうか〟。

痛みさえ取れれば、テレビやビデオで気を紛らわすことができる。しかし吉村医師は、モルヒネは習慣性があるので絶対にノー、またボルタレンは、内臓に悪い影響が出るという理由で、一日四回以上は処方してくれなかった。

一緒に暮らしている人間にとっては、限られた時間しか残されていない道子の遠い先の内臓疾患より、現在の痛みを取り除いてやる方が大事である。そこで私は、鎮痛剤の効果が薄れる時間帯に、介護士に勘づかれないように注意しながら、バファリンを服ませることにした。

友人の化学者に確認したところ、バファリンの成分は単なるアセチルサリチル酸だから、一日に三錠や四錠服用しても、悪い影響は出ないだろうという。しかし、医師や看護師に見つかると面倒なことになる。

そこで、バファリンを〝アセ〟と呼びかえ、朝六時、昼一二時、夕方六時に、「汗かいたか？」と尋ねて、「うん」と答えれば、バファリンを一錠ずつ服ませることにした。一錠では効かないのではないかと思ったが、それなりの効果はあった。

毎朝四時に起き、果物やチーズ、ソーセージなどを載せたコールド・プレートをサービスしたあと、健常者（つまり私）以外は誰も使用しない、三階のバスルームでシャワーを浴び、六時に施設を出て大学に向かう。

六時半から一一時半まで仕事をしたあと大学を飛び出し、一二時までに施設に戻り、アセを服ませたあと昼食を手伝って、一時までに大学に戻る。そして、夕方は五時に店閉まいして、帰る途中で道子の晩ご飯を見つくろい、六時までに施設に戻る。これがウィークデーの日課である。

介護士は、毎日欠かさず昼食介助に戻る老人に驚いていた。これは、普通のサラリーマンと違って大学教員は、講義と会議をさぼらない限り問題にならないから、そして大学まで地下鉄で一駅しか離れていなかったから出来たことである。

夕食を摂ったあとは、一時間程度本を読んであげるか、八階のラウンジでオペラや歌謡曲を聴かせる。そして八時になると、ワインを飲んでベッドに入る。

九時半に目覚ましが鳴ると、ベッドから飛び出して、道子に睡眠薬を服ませる。気分次第で一錠だったり半錠だったり、また日によっては何も服みたくないと言うから、忙しい介護士には任せられないのである。その後トイレにつきあって、一〇時から本格的な睡眠をとるのだが、隣の部屋で泣き声が聞えると、熟睡は難しい。

ナースコールを押せば介護士が来てくれる。しかし、夜中は人手が手薄だから、すぐに来てくれるとは限らない。そこで場合によって、私が介護士の替わりを勤めることになる。

どうしても泣きやまないときには、つい手が出そうになる。実際、入所してしばらくの間は、頬を叩くこともあったが、たちまち介護士に摘発された。施設長に呼び出された私は、厳重注意を受けた。

「入居時にお渡しした規約にあります通り、施設内での暴力は厳禁です。今度暴力をふるったら、施設を退去して頂くことになりますのでご注意ください」

「分かりました。あまり大きな声で泣くので、つい手が出てしまいました。これからは慎みます」

「入居者のほとんどは認知症ですから、大声を出しても気になさらないでください」

この言葉で少々気が楽になったが、泣き続ける道子を見ているのは辛い。週末には楽が出来るのかといえば、そうではない。土曜日の昼から月曜の朝までの一日半で、私はグロッキーになった。介護は本気になり過ぎないのが肝心だといわれているが、そばにいればどうしても本気になってしまう。

入居から五カ月が過ぎ、クリスマスを前にして、テレビに登場するレポーターが、都内の名所でがなり立てていた。東京ミレナリオ、六本木ヒルズ、東京ミッドタウン、神宮前ヒルズ、ディズニー・シー、そして日々姿を変える八重洲、日本橋、銀座。

道子が心室頻拍を発症してから一五年の間に、東京の街にはたくさんの新名所ができた。しかし、これらの中で訪れたことがあるのは、六本木ヒルズくらいだった。

2　大腸憩室

子供のころから、私は病気に対して異常なまでの恐怖心を抱いていた。小学校低学年のころは、飛び跳ねる心臓を抱えて、翌朝目が覚めるだろうかと心配しながら眠った。中学に入ってからは、〝脳みそが腐る〟梅毒が心配の種になった。その後、祖父や叔父が立て続けに癌で死んだせいで、癌を恐れるようになった。

五〇代に入ってから、時折便に血が混じった。しかし、直腸癌を心配しながらも、〝癌だったらじたばたしても始まらない〟と自分に言い聞かせて放置した。

恐れていたことが起こったのは、クリスマスイブの晩である。道子と一緒にクリスマスケーキを食べた後、急に便意を催したので、便座に腰掛けたところ、いきなりドバドバーっと生温かい液体が噴出した。トイレット・ペーパーで拭うと、べったり血がついている。あわてて立ち上がり便器の中に目をやると、一面血の海である。

〃一年ほど前にもこのようなことがあった。しかし、その後は何事もなく過ぎたから、今回も痔が破裂しただけではないか。それとも……〃。もう少し様子を見ようと思っていたところに、続けて大出血。そして、その一〇分後にまた出血した。

一回につき二〇〇ｃｃ以上出たから、全部で六～七〇〇ｃｃになる。人間の体内にある血液は、ほぼ六リットルと聞いたことがある。そうだとすれば、一〇％以上が失われたことになる。翌朝一番で医者に行こうと考えベッドに入った。

九時ちょうどに白山駅前の黒田クリニックを訪れると、黒田医師は蒼い顔をしてやってきた老人を診察したあと血液を採取した。検査結果が出るのは夕方になると言うので、アズハイムに引き返したが、その途中で息が苦しくなった。

やっとアズハイムにたどり着いたところで、またまた大出血。〃これでは、血がなくなって死んでしまう！〃。パニックを起こした私は、ナースコールで介護士を呼び出した。息も絶え絶えな老人は、施設のバンで東大病院に担ぎ込まれ、血液検査とＣＴスキャンを受けた。呼吸困難の中で聞かされた病名は「大腸憩室」。老化した大腸壁に出来たくぼみが破れて、血管が切れたのだ。

即入院となり、八〇〇ｃｃの輸血を受けた。ＣＴ検査の結果、悪性腫瘍のようなものはないので、安静にしていれば三週間くらいで退院できるだろうと言う。病院に入院するのは、小学生の時に、ジフテリアに罹って以来である。

輸血の効果はてきめんだった。息苦しさがなくなった私は、出血が止まったら一日も早くここから脱出しようと考えていた。そこに、黒田医師から電話が掛って来た。

「赤血球がかなり減っているから、すぐに入院した方がいい」

「じつはあの後また出血したので、東大病院に入れてもらいました。大腸憩室だそうです」

「それは良かった。もう一回出血していたら、ショック死していたかもしれないよ」

「そうですか。三週間すれば退院できると言われましたが、家内のことが心配なので、なるべく早く出してもらおうと思っています」

「医者の言うとおりにしたほうがいい。完治しないうちに退院してまた出血したら、面倒なことになるよ」

黒田医師のアドバイスにもかかわらず、私はなるべく早く逃げ出そうと思っていた。〝介護士によれば、私の帰宅が予定より三〇分以上遅れると、道子はパニックを起こすということだから、三週間も戻ってこなかったらどうなるか〟。

それに、病室は一流ホテルのスイート・ルーム並みの個室なので、一日当たり五万円の差額ベッド料金を取られるかもしれない（実際には、一万六〇〇〇円で済んだ）。

道子は自分で電話をかけることは出来ないので、私がアズハイムに電話をかけ、介護士の携帯につないでもらった。電話口に出てもらった看護師さんから、三週間したら必ず退院できると聞かされた道子は、少し安心したようだった。

はじめの一週間は、絶対安静状態で点滴と輸血を受け続けた。三日目に出血は止まったが、腸壁が落ち着くまでは、安静にしなくてはいけないという。六日目に真っ黒な宿便が出て、七日目に出血が止まった時、はじめて生き延びた気分になった。九日目にお茶、一〇日目にヨーグルトとジュース、一一日目に重湯。一二日目に三分粥が出たところで、私は主治医に談判した。

「私が戻らないので、要介護度五（実は四）の家内が、パニックを起こしています。介護施設には看護師が常駐していますので、私に何かあればすぐに対応してもらえるはずですので、一日も早く退院させてください」

「もう一週間は、様子を見た方が安心なんだけどね」

「白山に住んでいますので、何かあったらすぐに飛んできます。よろしくお願いします」

結局私は、一五日目に全粥が出たところで、予定より三日早く退院した。入院した時に七三キロあった体重は、五キロ近く減ってしまった。体重は徐々に元に戻ったが、六〇年ぶりの入院生活は、私の心理状態に大きな変化をもたらした。

黒田医師は、もう一回出血していたら、ショック死していた可能性があったと言っていた。

つまり私は、死の一歩手前まで行ったのだ。〝人間にはいつ何が起こるか分からない。だからやりたいことがあるなら、すぐに始めなければ手遅れになる〟。こう考えた私は、入院七日目の元日から、死ぬ前にやっておくべき仕事を開始した。

かねて私は、工学部という組織と、そこに住んでいるエンジニアの実態を、世間一般の人に紹介する本を書きたいと思っていた。四〇年余りを「工学部」という組織で過ごした私は、そこで多くの〝スーパースター〟と知り合った。しかし彼らは専門の世界に没入し、自分たちが何をやり、何を考えているかを、外に対して発信しようとしなかった。

わき目も振らずに仕事に励み、世界中から富をかき集めながら、何も主張しないエンジニアは、日本社会を支配している文系エリートにとって、都合のいい〝働き蜂〟だった。

〝優秀で勤勉なエンジニア集団が、銀行マンや弁護士以下の処遇に甘んじているのは理不尽ではないか。それもこれも、エンジニアは言うべきことを言わないからではないか。彼らの待遇を改善するためには、誰かが外の世界に向かって発信する必要がある。誰もやらないのであれば、自分がやるしかない〟。

私が〝工学部の語り部〟を目指した理由は、これである。では何を書くのか。まずは、金融工学のために命を削った天才・白川浩東工大教授の破天荒な半生。次いで、東大工学部のエースだった後藤公彦氏がたどった不運極まる人生。その他、三三年にわたる工学部生活の間に出会った、数々の天才たちの物語。

私は二〇〇六年ころから、このような物語を書き始めていた。しかし、現役の工学部教授には、この仕事に廻すことができる時間は限られていた。そのうち時間が出来たら、本格的に取り組もうと考えていた私は、病気になって、時間が出来るのを待っていたら手遅れになる、ということに気付いたのである。

後に『理工系離れが経済力を奪う』（日経プレミア、二〇〇九）として出版された原稿書きは、こうして始まった。そして、二週間の入院生活の間に、四〇〇字詰め原稿用紙で一〇〇枚分の原稿が出来あがった。書き流しの草稿だから、あとでかなり手を加えなくてはならない。しかしこのペースで書けば、江藤淳教授が言っていたところの、〝一流のもの書きの条件〟である、年間三〇〇〇枚を達成することが出来るかもしれない。

これに先立つ数年の間に、私は三冊のノンフィクションを出している。そして書きあげるたびに、道子に聞いてもらった。かねて読書が趣味だった道子は、本のページをめくることが出来なくなったので、時間が許す限り私が朗読者を務めたが、どのようなミステリーよりも、私が書いたものの方が面白いと言ってくれた。

『役に立つ一次式』（日本評論社、二〇〇五）を読み終わったとき、道子は言った。

「面白かったわ。この本はきっと売れるわよ」

「どうだろうね。エンジニアは、自分の専門と趣味以外の本は買わないし、文系の人はエンジニアが書いた本には見向きもしないから、あまり売れないよ」

理系人間の道子が面白いと言ってくれた本は、献呈した理系の友人の間では好評だった。しかし彼らは、売上増に貢献してはくれなかった。たとえば、中央大学の同僚である大学時代の友人・竹山教授は、タダでもらった本を、次々と友人に貸し出していた。

「あいつらは、自分の専門と趣味以外の本を買わないし、金もないから、お前の本を読ませるためには貸さなくてはならない」と言っていたが、分かったような分からない話である。この結果、新聞の書評に頻繁に取り上げられたにもかかわらず、売れ行きはそこそこだった。

退院して三カ月後に、ひょっこり研究室に姿を現したのが、旅館の女将を育てるための「おかみ塾」という学校を経営する、山本念精なる人物である。数年前に一度、友人とともに会食したことがあるが、その後個人的な付き合いはなかった。

「『おかみ塾』の山本です」

「これはお珍らしい」

「この間還暦を迎えましたので、日本初の出版エージェント業を始めました。何か面白い原稿はありませんかネ」

「なんでまた私に？」

「しばらく前に出された特許裁判の本（『特許ビジネスはどこへ行くのか』（岩波書店、二〇〇二））を拝見して、なかなか面白い文章を書く人だなと思いましてね」

「あんな本を読んで下さったのですか。ちょうどいいところでした。実は、いろいろ書きためていますので、少し手を加えた上でお届けします」

「リクルートに勤めていた時の伝手がありますので、しかるべき出版社を紹介しましょう。印税の配分は、ヘミングウェイの場合に倣って、フィフティ・フィフティでどうでしょう」

アメリカでは、古くから出版エージェント・ビジネスが盛んである。キッシンジャー回想録やクリントン回想録は、エージェントが出版社に持ちかけたものである。エージェントの取り分が半分というのは、少々多すぎるような気もしたが、一発当てるまではこの人のお世話になるのも悪くない。

「分かりました。近日中に原稿をお届けしますので、よろしくお願いいたします」

この後私は、『すべて僕に任せてください』を完成させるべく、原稿書きに励み、出来上がった原稿を二〇〇八年の夏にエージェントに送り届けた。

3　思いもよらない言葉

道子は、わがままではないし贅沢でもない。しかし、食べ物に関しては好き嫌いが多かった。好きなものは、（高島屋から取り寄せた）魚沼産コシヒカリ、サーロイン・ステーキ、握り寿司、崎陽軒のシューマイ、「銀座ダロワイヨ」のアングレーズ（ただし「自由が丘ダロワイヨ」のアングレーズはバツ）、たぬきそばと親子どんぶり、イチジク……。嫌いなものの代表は、ナマ野菜と酸味がある果物、そして鰻と煮魚である。

自宅で暮らしている間は、おかずの出来が少々悪くても、精一杯食べてくれた。ところがアズハイムに入ってから、食べる量が減ってしまった。その原因は、お米が美味しくないことである。一日一二〇〇円（朝三〇〇円、昼四〇〇円、夜五〇〇円）では、魚沼産コシヒカリを出せるわけがないが、米そのものだけでなく、水分が少な過ぎるのである。

おかずはどうかと言えば、値段の割にはよく工夫されていたが、しばしば嫌いな果物や魚の煮つけが出た。そこで私は朝四時に起きて、道子が好きなクロワッサン、イチジク、バナナ、プリン、ヨーグルト、チーズなどを食べてもらった（八時に出る施設の三〇〇円朝食は、ほとんどパスしていたようだ）。

私が昼に戻れないときには、生卵を溶いたものに、お気に入りのふりかけを混ぜて冷蔵庫に入れておき、ご飯にかけてもらうよう介護士に依頼した（残念ながら、あまり食べてくれなかった）。夕食は、大学からの帰り道に買ってきたカツ重、にぎり寿司、刺身入りの太巻き、マグロ、タイのお刺身、そして大好きなイチジクなどを食べてもらった。残ったものは私が食べ、道子の分の夕食は、弁当箱に詰めて冷蔵庫で保管し、翌日の昼に私が大学で食べた。

食べ物以上の大問題は、腰と大腿部の痛みである。看護師の勧めで、週三回マッサージを受けることにしたのだが、一向に良くならないばかりか、却って痛みが増すと言うので、三カ月ほどでやめてしまった。

替わりに私が、朝晩腰と大腿部を揉むことした。痛みがひどい時には、鼠頚部（大腿の付け根）の筋が完全に硬直していた。しばらく前にタクシーに飛び乗った時、股の内側の筋を違えて強烈な痛みが走ったことがある。あれと同じ痛みが続くのであれば、泣き叫ぶのも無理はない。痛みは他人には分からないと言われているが、多少は分かるような気になった私は、再び吉村医師と交渉した。

「相当痛みがひどいようなので、なんとかならないでしょうか。最近は、痛みを和らげるペイン・クリニックなるものがあると聞きましたが」

「あれは、末期癌患者のためのものです」

「癌にならなければ、痛みを取ってもらえないのでしょうか」

「ともかく、そういうことになっているのです」

「それでは、ボルタレンの量を増やしてください。私にとっては、何年か後になって出るかもしれない内臓障害より、いまの痛みを取ってやることの方が大事です」

「ボルタレンは、一日四回までしか出せません」

「ではどんなに痛くても、我慢しろというのですか」

「――――」

介護施設に住む老人が、〝取り換え不能な〟回診医師や看護師と喧嘩すると、ロクなことはないので、この時も引き下がらざるを得なかった。日本の医師は、間もなく死ぬことが分かっている末期癌患者以外には、究極の痛み止めを処方してくれないのである。そのせいで、日本人一人当たりのモルヒネの使用量は、アメリカ人の一〇分の一に過ぎない。

もし道子の痛みが、腰椎陥没によるものだということが分かっていれば、一年半に及ぶ激痛に苦しまなくて済んだはずだ。可哀そうなことをしたものだが、看護師やマッサージ師は、そのくらいのことは分かってしかるべきではなかろうか。

しかしその後まもなく、アメリカ製のクッションを購入したおかげで、二時間くらいは車椅子に座っていられるようになった。二時間あれば、テレビドラマや映画を見ることが出来る。そこで私は「ＴＵＴＡＹＡ」からＤＶＤを借り出し、週に三～四本ずつ映画を見せてあげることにした。

道子が第二の難病に罹っていることが分かった一九九五年以後は、映画を見に行く時間はなかったから、見たい映画はいくらでもあった。深刻なドラマは避け、ミステリーや活劇、コメディなどを選んだ。二〇〇八年四月から九月までの半年で、われわれは一〇〇本近い映画を見たはずだ。中には外れもあった。しかし、監督や出演俳優を厳選した結果、二つに一つは当りだった
アズハイムに入居する前から、道子の眼球は字幕のスピードに追い付けなくなっていたので、日本語吹き替え版があるものを選んだ。吹き替え版がない古い映画、例えば『シャレード』や『真昼の決闘』などは、私が横で字幕を読んであげた。

九月に入ってから映画を見なくなったのは、ＮＨＫの大河ドラマ『篤姫』の再放送が始まったからである。月曜から土曜まで週に六回、夕方六時から始まる全五〇回分を欠かさずに見たのだから、このころは比較的体調がよかったのだろう。それとも、痛みを我慢してでも見る

気になるほど面白かったのだろうか。

二〇〇九年三月末の週末、われわれはボルタレンが効いている時間帯を見計らって、一キロほど離れたところにある、小石川植物園に桜見物に出かけた。幸い好天に恵まれた暖かい日で、道子は十分にお花見を楽しんだようだった。帰り道にぽつりと漏らした、「来年もお花見できるかしら」という言葉を耳にした私は、その願いは実現されないだろうと考えていた。

私が大学に行っている間、ボランティア・サービスを頼もうと考えた私は、三月初めに文京区の区民相談センターに足を運んだ。そこで紹介されたのが、アズハイムの真正面にある、東洋大学の学生ボランティア・グループである。

東洋大学の学生部を訪れると、事務職員がグループのリーダーを紹介してくれた。十数人の学生が、数人ずつグループを組み、あちこちの施設を訪問しているということなので、週に二回ほど話し相手になってもらうよう依頼した。

最初のうちは、男女二人の学生が、週に二回昼休みの間に話し相手になってくれた。しかし、一カ月後には就職活動が忙しくなったという理由で、男子学生は辞めてしまった。その後は高校の歴史教師志望のお嬢さんが、週に一回ずつ来てくれたが、二カ月ほどして、これまた就職活動を理由に辞めてしまった。無償のボランンィア活動だから仕方がないとは言うものの、道子の失望は大きかった。

このあと、文京区の住民相談センターから、ボランティアの主婦が週に二回派遣されることになった。やれうれしやと思ったが、週刊誌を読んでほしいと頼んだのがいけなかった。この人は、週刊新潮の漢字が読めなかったため、あっという間に辞めてしまった。

そこでプロの家政婦を頼むことにした。一回あたりの報酬は二時間で約六〇〇〇円。週に二回頼めば、月に五万円以上である。この数字を知った道子は、一カ月もしないうちに、（私に相談せずに）契約を破棄してしまった。

道子は決断の早い女で、ある日突然行動する。本人は熟慮したのだろうが、事前には何も言わないから、周囲は驚くばかりである。

一つ例をあげよう。要介護度三の診断を受けた時、道子はヘルパーさんに頼んで、愛用していたコート、靴、バッグなど身の回りの物を処分してしまった。驚いた私が、なぜそれほど急がなくてはならないのかと尋ねた時、

「動けなくなる前に、これから先使いそうもないものは捨てておくの」と言ったので、

「まだ先なのに、全く君はステマノフスカヤだなあ」とからかったところ、

「あなたには、私の気持ちは分からないでしょうね」と言って、珍しく涙をこぼした。

道子は若いころから、物を捨てるのが上手だった。流行遅れの衣服やアクセサリーをはじめ、結婚式の引き出物、海外土産に夫が持ち帰った〝センスが悪い〟人形や置物などは、いつの間

にか姿を消していた。

それに気づくたびに私は、「君はステマノフスカヤだ」とからかったが、「そうよ。私は捨て魔なのよ」と平然としていた。しかしこの時は、捨てたくない物まで捨てたので、涙が出たのだろう。

道子はとても気丈な女だった。脊髄小脳変性症に罹っていることが分かった直後に、姉の家を訪ね、「ここに来るのはこれが最後でしょう」と言ったので、姉が慰めようとしたところ、「病気になったのは運命だから、仕方がないのよ」と、平然としていたということだ。実際、病気になってから一二年間、腰椎陥没を起こすまで、道子は一度たりとも愚痴をこぼすことはなかったのである。

〝男性〟としての魅力がない私は、道子が自分を愛しているからではなく、私の強引さに負けて結婚したのだと思っていた。実際私が「愛してる？」と聞くたびに、道子は「そんなこと聞くなんておかしいわ」とか、「愛しているという言葉は、好きじゃないの」とはぐらかされてしまった。〝嘘をつけない道子は、愛していない人を愛しているとは言えないのだ〟。

そのようなわけで、私はある時から「愛してる？」と訊くのはやめた。愛してくれなくても、一緒に居てくれればそれでいい。〝一緒に居るのは、嫌いではないからだ。嫌いでなければ、いつか好きになってくれるかもしれない。好きになってくれれば、愛してもらえるかもしれない〟。

しかし、道子が病気になってからは、そのようなことは気にならなくなった。たとえ愛していなくても、逃げて行くことはできないのだ。

ところが、暑い夏が過ぎ秋も深まる中、私は思いもよらない言葉を聞くことになった。かなり聞き取りにくくなっていたが、道子は一語一語時間をかけて、胸の思いを打ち明けてくれたのである。

「もっと早いうちから、あなたに甘えていればよかったわ」

「なんだよ。今頃になって」

「私ね。子供の頃、一度も母に甘えたことがなかったの。物心がついた頃から、母はお勤めに出ていたから、昼間は布団を敷いて一人で寝ていたのね。母は夜遅く男の人と帰ってきて、私には声もかけてくれなかったわ。結局その人とはうまくいかなかったんだけど、それは私が居るせいだと思って、とても辛い気持ちになったのね」

「それは可哀想だったね」

「そのあと母が私を祖母に預けて、姉だけを連れて上京したとき、母との信頼関係は途切れたの。祖母はいい人だったけど、朝から晩まで内職していたから、私のことまで手が廻らなかったのね。それで、人に甘えることが出来なくなってしまったの」

「僕に甘えてくれれば良かったのに」

「最近になってあなたに甘えてみて、甘えるってどんなに素敵なことか分かったわ。甘えると、自分が言いたいことが言えるようになるのね。あなたはいつも私に、〝愛してる？〟って訊いたわね。でもあの頃は、自分の気持ちを言葉に出すことが出来なかったの。愛されたことがなかったので、愛しているというのがどういうことか分らなかったのね。でも、分かったのよ。あなたをずっと愛していたということが」

「そうか。愛していたのか」

「こんな歳になって、愛しているなんておかしいかしら。でも私はあなたを愛しているわ。ずっと前から」

「嬉しいことを言ってくれるね」

「私はもう長くは生きられないわ。でもね、私が死んでも死んじゃだめよ」

「君が居なくなったら、何もする気になれないだろう」

「そんなことないわ。あなたには、やらなくちゃならないことがあるわ」

「何だろう」

「小説を書くと言っていたじゃない。これから思いっきり嘘八百の面白い本を書いて、みんなを楽しませてあげてよ」

「大学勤めをしているうちに、嘘がつけなくなってしまったよ」

「そんなこと言わないで頑張ってよ。あなたみたいに嘘が上手な人は、滅多にいないってお母様が言っていたわよ」

私は絶句した。子供の頃、兄の方ばかり見ている母の注意を惹き付けようとして、嘘をつきまくったことは確かだ。


二〇〇九年四月に、ケア・マネージャーのアドバイスで、整形外科医の診断を受けた道子は、ここで初めて腰椎陥没と診断された。「これでは痛かったでしょうね」という女医の言葉を聞きながら私は、その昔、学生時代の友人が、二階から転げ落ちて腰椎陥没を患った時の痛さについて語っていたのを思い出した。この人は、ブロック注射を受けたあと、痛みが薄らいだと言っていたが、この注射がまたとても痛いのだそうだ。

その後道子は、毎週一回ブロック注射を受けた。神経がマヒしていたせいか、あまり痛がることはなかった。約二〇回の注射によって、痛みは大幅に改善された。もしはじめから整形外科医の診断を受けていたら、二～三カ月で痛みはなくなっていただろう。そうなっていれば、道子は二〇〇七年からの一年半を、もっと幸せに暮らすことが出来たはずだ（そして私も後悔せずに済んだのだ）。

痛みは納まったが、難病は確実に進行していた。そして、二〇〇九年一月に行われた検診で、ついに要介護度五の診断が下った。いわゆる〝寝たきり状態〟に入ったのだ。

口は動かせるが、何を言っているのかよく聞き取れなかった。一方、耳はよく聞こえるので、何を言いたいのか問いかけることにした。私の推測が当たっているときには、口をすぼめて「そう」と言ってくれた。違うときは首を横に振った。勘がよくない私は、「そう」という言葉を引き出すまでに何分もかかった。

アレクサンドル・デュマの『モンテ・クリスト伯』の中には、言葉を話すことが出来ないノワルティエ老人から、孫娘のヴァランティーヌが、いろいろなことを訊きだす場面がある。しかしこれは小説の中の話であって、実際にはとても難しいことだった。

自分で動かせるのは、指先だけだから、ナースコールを押すのもやっとである。トイレに座らせても、支えていないと転げ落ちてしまう。

三日に一度の排便は、大仕事だった。腹筋が衰えたせいで、便が溜まってもそれを外に押し出すことができないのである。三日排便がないと、四日目に看護士が浣腸器を持って現れる。道子はこれを拒否して、自力で排便しようとする。

身体を支えながらお腹を押さえ、肛門の周辺を気長にマッサージすると、やがて長くて太いものが排出される。時間が掛るので、可能な限り私が担当した。あまり愉快な仕事ではなかったが、無事目的を達成したときの道子の笑顔を見ると、俺も役に立っているという思いが込み上げてきた。

固形物はうまく飲み込めないし、ジュースなどはむせてしまう。食べられるのは、ねばねばした物、たとえば、卵かけごはん、鯛のお刺身、マグロのペースト、納豆、イチジク、バナナ、ラフランス、プリン、ヨーグルトくらいになってしまった。

子供の時から好きだったというイチジクは、どれだけ食べても飽きないようだった。しかし、生のイチジクが売られているのは、四月初めから一〇月末までである。後楽園にある高級スーパー「成城石井」の店頭に初物が出始める頃は、アヒルの卵大のものが三つで一八〇〇円もする。五月になると一五〇〇円、六月には一〇〇〇円まで下がり、七月から九月までは五〇〇円程度で一級品が買える。ところが、一〇月半ばには再び一〇〇〇円を突破し、一一月には姿を消してしまうのである。

四月から一〇月まで道子の主食は、マグロのペースト、タイのお刺身、イチジク、バナナ、そしてプリンだった。では、いちじくがなくなったらどうするか。ここで思いついたのが、ジューサーを使って、牛乳の中にバナナ、リンゴ、プリン、桃、ラフランス等ぶち込み、ねばねばのジュースにしてしまうという手である。

この作戦は当たった。私は毎朝四時に起きて、朝と昼の分のジュースを作り、シャワーを浴びた後、五時から特製ジュースを飲ませて、七時まで本や自分の原稿を読んで聞かせた。

出版エージェントに送った原稿は、新潮社の敏腕編集者の手に渡り、様々な修正を施した後、二〇〇九年の四月に『すべて僕に任せてください：東工大モーレツ天才助教授』というタイトルで出版され、（東工大生協では）同じ日に発売された、村上春樹の『１Ｑ８４』を上回るベストセラーになった。

出来上がった本を見た道子は、もう一度読んでほしいとリクエストしてくれた。

4　介護付き有料老人ホームの実態

要介護度二の認定を受けた時に相談に乗ってもらった、特養老人ホームを経営する友人は、「介護施設の実態は、入ってみなければ分からない。できることなら、自宅で介護するのが一番だ」と言っていたが、アズハイムはまずまず満足すべき施設だった。

『週刊ダイヤモンド』の「介護付き有料老人ホーム・ランキング」では、設備、立地、介護スタッフの数・資格・離職率、（夜間の）介護体制などをもとに、一〇〇点満点で点数をつけている。それによると、アズハイム系列の既設施設の平均得点は七五点で、評価対象になった四〇〇施設のうち、上位二〇％に入っていた。また看護師が二四時間常駐し、夜間の介護体制が充実している「サンクリエ本郷」は、上位一〇％に入っていた。

吉村医師が信用できると言っていた通り、三〇代半ばの施設長は、入居者と従業員の側に立って、経営側と向き合っていた。施設長の指示のもとで、約四〇人の要介護老人の面倒をみるのが、二人のケア・マネージャー、三人の看護師、そして約三〇人の介護士である。

ケア・マネージャーになるためには、五年以上の介護士経験があって、国家試験に合格する必要がある。彼らの仕事は、経営側との折衝、家族との対応、入居者の相談に乗ること、介護士の勤務スケジュールの調整などである。また、スタッフが急病になった時には、介護作業を手伝うこともある。

ケア・マネージャーの一人は三〇代半ばの男性、もう一人は二〇代後半の女性で、どちらも三〇人の上に立つ器量のある人だった。介護士の年俸が、夜勤やボーナスを含めても二〇〇万円台であるのに対して、ケア・マネージャーはその五割増し程度だと言われていた。並みの介護士よりはいいが、四〇〇万円には届かない。

一方看護師は、日本医師会という強力なギルドに守られているため、時給二〇〇〇円以上で、三人全員が九時〜六時勤務である。入居者側からすれば、二四時間常駐は無理だとしても、三人とも九時〜六時勤務ではなく、時間をずらして七時〜四時、一〇時〜七時、一時〜一〇時くらいの勤務体制をとってもらえば、より安心して過ごすことが出来るはずだ。

これに対して介護士は、七時〜三時の早番と一一時〜七時の遅番、そして夕方五時から朝八時まで、三人一組の夜勤がある。夜勤は、週に一回程度のローテーションであるが、幼児や要介護老人を抱えている人は、免除してもらえることになっていた。

介護士は、仕事の内容に比べて割の合わない職業である。待遇が悪い上に激務であるため、身体を壊したり、嫌気がさしてしてやめて行く人が多い中で、この施設の離職率は、他の施設に比べれば低いということだった。そうは言うものの、毎年三〇人中の四～五人が、体調を崩したため、将来に希望が見いだせないため、あるいは家庭の事情のために退職していった。

約四〇人の入居者の中からも、毎年四～五人の退去者が出た。病気が悪化して長期入院した人と、死亡した人である。

たとえば、「君は僕の息子かね」と私に訊ねた元雑誌編集長は、毎週のように娘さんが孫を連れて慰問に来ていたが、一人でズボンを脱ごうとした際に転倒して、大腿骨を骨折して三カ月の入院生活を送った。入院中に体力が衰えたためか、施設に戻ったあと間もなく肺炎で亡くなった。

もう一人の元都庁役人は、完全に家族から見放されたらしく、誰も見舞いに来なかった。そしてある日、介護士の手を振り払おうとしたときに転倒して、脚の骨を折った。その後ずっと姿を見ないので、どうしたのかと介護士に訊ねたところ、心臓発作で亡くなったということだった。

森繁久弥氏は、「(老人は)風邪ひくな、転ぶな、不義理しろ」と言っていたが、転んで骨を折ると、確実に命が縮まるようだ。

私が見るところでは、介護士は三つのタイプに分類することが出来る。

第一のタイプは、子育て、もしくは親の介護が終わった中年の主婦。第二は、高校を出て介護のプロを目指す人。そして第三のグループは、何らかの事情で前の仕事を辞めて、この世界に入った人たちで、そのグループはさらに、当分この仕事を続けようと思っている人と、いずれは何らかの資格を取って、より実入りがいい仕事に就こうとしている人に分かれる。

この中で一番頼りになるのが、中年の主婦である。

例えば、われわれと一〇歳しか年齢が違わないＴＡさんは、かつては社長夫人に納まっていたが、会社が倒産したため自己破産した上に、夫が体調を崩したので介護士になった。一人娘は、アメリカに行ったきり戻ってこないという。どれほど働いても、年収は三〇〇万以下だから、将来が不安なはずだが、何とかなるだろうと言っていた。もしかすると、どこかに隠し財産があるのかもしれない。

もう一人のＯさんは、夫が栃木県に単身赴任して三年になる、二〇代後半の主婦である。超ミニスカートで出勤するキャピキャピの美人で、何ゆえにこのような超堅気な仕事をしているのか、さっぱりわからなかった。二年ほど勤めたあと突然退職したので、夫と暮らすことにしたのかと思ったが、栃木には引っ込まず、隣の区の介護施設に転職したということだった。

三人目のＴＵさんは四〇代後半の主婦で、父親の介護が終わったので、その時に身に付けたスキルを生かして介護士になった人である。学生時代には、バドミントンの選手として活躍したスポーツ・ウーマンであるが、身長が低いので、道子をベッドから車いすに移動させるときは大変そうだった。

誠実でウィットに富んだ人だったが、三年目に入って、母親の介護が必要になったため退職を余儀なくされた。アズハイムのような施設に入れるお金がないので、自分で介護するしかないと言っていたが、子供がいないこの人の介護は誰がやるのだろうか。

二番目に頼りになるのは、高校を出て介護士としてプロをめざす人で、全体の三分の一をこれらの人が占めていた。しかし、何年か後に一級介護士の資格を取っても、給料が飛躍的に上がるわけではないから、これから先も恵まれない生活を送るのではなかろうか。

最年少のS君は、小学生時代に母親が男を作って出奔したため、競馬狂の父親(大工さん)と暮らしていた。私が中央大学に勤めていることを知って、大学についてあれこれ聞きたがったのは、親の経済状態を考えて進学を諦めたものの、大学に通う友人たちのことが気になるからだろう。

高卒の女性たちは、「いい人がいたら結婚したいが、この仕事を続けている限り相手を見つける時間がない」とこぼしていた(三年半の入居中、寿退職した人は一人もいなかった)。

第三のタイプには、実に様々な人がいた。株でひと山当てたあと、仕事を続けるのがばからしくなったが、ブラブラしているのにも飽きたので、暫く介護でもやって見ようかと思っているYさん。体力抜群で人柄がいいので、この人が夜勤のときは安心だった。

勧奨退職制度で会社をやめたものの、老後が心配なので働き始めたところ、早々と腰を痛めて一年でやめてしまったMさん。いずれは、法律関係の仕事に就こうと思っている大卒のT君。昼間のきつい仕事のあと、夜学に通っているため、いつも機嫌が悪く介護も手荒いので、道子はとても怖がっていた。

ケア・マネージャーに通報しようかと思ったが、報復されると厄介なので、しばらく様子を見ていたところ、まもなく辞めてくれた。誰かが苦情を言ったため、解雇された可能性が高い。

昼間は二〇人近い介護士が勤務しているので、ナースコールを押すと、すぐに誰かが駆けつけてくれる。問題は七時に遅番の人が帰った後である。ここから朝七時までは、三人の介護士が四〇人（！）の面倒をみるのだから大変である。

特に午前一時から三時までは、交代で一時間ずつ仮眠をとるので、この時間帯は二人で四〇人の面倒をみるのである。ほとんどの老人は、おむつをつけておとなしく眠っている。しかし中には徘徊する人もいるし、ナースコールを鳴らしまくる人もいる。

道子は、八時過ぎに軽い睡眠薬とボルタレンを処方してもらったが、時々痛みや排便のために泣き声を上げた。隣の部屋で寝ている私は、泣き声が聞こえるとナースコールを押す。ところが、一〇分以上待っても来てくれないことがある。どこかの部屋で（大便の掴み投げなど）〃大事件〃が起こっているのである。

こういうときは、介護士が到着するまで、私が道子をなだめて時間稼ぎをした。介護士が到着した後、またベッドに入る。こんなわけで私は、「天才・柳沢教授」より一時間早い八時過ぎにはベッドに入り、二時までぐっすり眠るよう努めた。

5 誤嚥性肺炎

ブロック注射のおかげで、腰の痛みは大幅に改善された。その一方で、身体の自由は確実に失われていった。道子が満六九歳の誕生日を迎えた時、私はよく一五年も頑張ってくれたと感謝しつつ、古希を迎えることは出来ないだろうと思っていた。

半年前までは、二人で月一回のお誕生会に参加していたが、三カ月前からはこれを拒否するようになった。またこのころになると、指の力が弱くなったため、ナースコールを押すこともできなくなってしまった。

嚥下機能が衰えてきたので、固形物は避けて、バナナ、洋なし、プリン、はちみつなどを、牛乳やヨーグルトに混ぜた特製ジュースと、イチジクなどで、体重減少を防ぐよう務めた。飲み込みやすくて栄養があるものとしては、これ以外にも納豆、豆腐などが思い当たるが、ジュースに混ぜるわけにはいかない。一口一口食べさせると、とても時間がかかる。

それでも、イチジクがある間はまだよかった。大きなイチジクでも、四口か五口で食べ終わる。これを二つ食べてもらった後、特製ジュースを飲ませる。しかしイチジクがなくなった後は、特製ジュースA、B、C……のパレードになってしまった。

いくら工夫しても、同じようなものばかり飲ませられたら、誰でも嫌になるだろう。半年近くにわたって、四〇〇本以上のバナナを〝飲まされた〟道子は、実際にそうなってしまった。「奥様が、もうバナナは飽きたと仰っています」という言葉を、介護士の口から聞かされた私は、大ショックを受けた。介護士を通したのは、（気が短い）本人に直接言うと角が立つと思ったからだ。

実は、数年前に同じ誤ちを犯したことがある。元気だったころの道子の好物は、一がお寿司、二がウナギのかば焼き、三がサーロイン・ステーキだった。そこで私は、毎週一回栄養があって手間がかからない鰻を出し続けた。

一年ほどしたところで、突然「鰻はもういや」と言われた私はプッツンきた。〝俺は一〇〇〇円の鯵フライで我慢してきたのに、今更嫌いとはどういうことか!?〟。好きなものでも、食べすぎると嫌いになるということだが、そのような経験がない私には、道子の気持ちが分からなかったのである。

バナナを出せなくなったので、栄養価の高いねばねばしたものを探した。しかし、バナナのように安価で、一年中手に入る物は見つからなかった。仕方なくカステラなどを混ぜた結果、特製ジュースはそれまでより飲み込みにくいものになってしまった。

運命の日がやってきたのは、二〇一〇年の三月五日である。

その日、いつもより早く四時半にアズハイムに戻ると、ベッドの上で看護師に抱きかかえられた道子が、大きく口をあけて、ぜいぜい荒い息を吐いていた。看護師によれば、一時間ほど前にもこのような状態になったが、しばらくしたら元に戻ったので、様子を見ていたところまたぶり返したのだという。〝様子見などしていないで、すぐに病院に連れて行くべきではないのか！〟。

体温を測ると三九度。最高血圧は九二。血中の酸素濃度は九〇％しかない。命にかかわる状態なので、直ちに救急車を呼んだ。一〇分ほどで救急車が到着し、同じ文京区にある日本医大の「救命救急医療センター」に担ぎ込まれた。

救急車の中で酸素吸入を受けたおかげで、酸素濃度は九五％まで回復したが、血圧は依然として九〇、熱は三九度以上ある。医師によれば、重症の誤嚥性肺炎で、今晩一晩が勝負だということだった。

夜九時過ぎに医師に呼び出された私は、いまだかつて経験したことがない、〝重い〟決断を迫られた。

「奥様の命を救うためには、気管切開を行うが必要があります」

「喉に穴をあける手術でしょうか」

「そうです。これをやると声を出せなくなりますが、助けるためにはこれしか方法はありません」

元気だったころの道子は、万一のことがあっても延命措置は講じないでほしいと言っていた。

「それは延命措置でしょうか」

「そうではありません。肺炎が回復して普通に呼吸が出来るようになった時に、管を取り外して喉の穴をふさげば、言葉を話せるようになります」

そう言えば、エリザベス・テーラーが『クレオパトラ』を撮影している途中で肺炎に罹って、気管切開を行っているが、その後間もなく回復して声を出せるようになった。

「そうですか。いつまでにお返事すればよろしいでしょうか」

「手術するのであれば、なるべく早い方がいいのですが、ご家族と相談なさる時間が必要でしょうから、明日中ということではいかがでしょうか」

酸素マスクをつけ、点滴を受けている道子の横で、私はどうすべきか考え続けた。〝息子たちは、私の判断に任せると言うが、このまま気管切開せずに死なせたら、一生後悔するのではないか。しかし道子は、管につながれてまで生きていたいと思うだろうか。肺炎が治れば管を外してもらえるが、難病がよくなるわけではないのだから、死なせてやるのが本人のためではないか〟。

堂々巡りを繰り返した末に到達した結論は、〝主治医の勧めに従って気管切開手術を受ける。しかし、それ以上の延命措置はやらない〟という選択肢だった。この判断の正しさに確信が持てなかった私は、翌朝早く筑波大時代に同僚だった、「国立神経病センター」の金沢一郎所長（皇室御典医）に電話して、ご意見を伺うことにした。

この人は神経内科の世界的権威で、脊髄小脳変性症の治療薬「セレジスト」を開発した人である。発病した時には、一〇年は持たないだろうと言われていたにもかかわらず、一五年も生き延びたのは、この薬のおかげである。

道子がこの病気に罹っていることが判明した直後に、金沢教授にアドバイスを求めた時、「お気の毒です。私の知り合いでこの病気になった人は、奥様がはじめてです。今のうちに、やりたいことをやらせてあげてください」と言っていた。

皇室典医、学術会議議長という要職にある大先生の時間を奪うのは気がひけた。しかし、その日の昼からヨーロッパ出張に出かけることになっていたにもかかわらず、教授は丁寧に私の話を聞いて下さった。

「家内は、かねがね延命措置はしてほしくないと言っていました。しかし私としては、多少なりとも回復する見込みがあるのなら、気管切開はやった方がいいと思うのですが、どうお考えでしょうか」

「ウーン。難しい判断ですね。お子さんたちはどう言っていますか」

「もっと生きていてほしいけれど父親の判断に任せる、と言っています」

長い沈黙の後、金沢教授は口を開いた。

「そういうことであれば、気管切開はおやりになって、それ以上の延命措置はやらないのがよろしいのではないでしょうか」

「分かりました。ありがとうございます」

こうして道子は、気管切開手術を受けることになったのである。定年を迎えるまで生きていたいと言っていたのだし、肺炎が治ればまた言葉を話すことができるようになるのだ、と自分に言い聞かせる一方で、私はこれが自分のエゴだと思っていた。

もし言葉を話せれば、道子は「私はもう十分に生きました。先に行きますが、諦めてくださいね」と言っただろう。この言葉を聞いていたら、このまま逝かせてやったかもしれない。しかし私は、〝日本一の名医〟の言葉を盾に、自分のエゴを通したのだ。

日本医大の救命救急医療センターは、日本で最初に設立された救急専門施設だけあって、最高の治療を施してくれた。酸素吸入のおかげで、血中酸素濃度は九八％に戻った。しかしあれこれ抗生物質を投与しても、高熱は一向に下がる気配がなかった。また炎症の状態を示すＣＲＰインデックスは、健常者が〇・一程度のところ、測定限界の二〇を超えていた。

新聞の死亡欄で、〝死因は肺炎〟という記述をしばしば目にするが、老人の肺炎は死に直結しているのだ。

道子が肺炎になったのは、特製ジュースからバナナを取り除いたうえで、栄養補給のため乾燥イチジクを煮たものや、カステラなどを混ぜたせいだ。これらの物質が少しずつ肺の中に入り込んで、それがもとで肺炎になったのだ。

もしあのあともバナナ・ジュースを飲ませ続けていたら、あるいは胃ろう手術を施して、胃の中に直接食べ物を注入していれば、誤嚥性肺炎にはならなかっただろう。しかし吉村医師も看護師も、そして私もまだ大丈夫だと思っていたのである。

救命救急施設の正式な面会時間は、午後三時から七時までと決まっていた。しかし私はそのルールを守ることはできなかった。そこで看護師長を拝み倒して、朝六時に面会する許可を貰った。

翌朝看護師に訊くと、熱は三九度、炎症インデックスは二〇以上、酸素濃度は九七、そして最高血圧は一〇〇を切っていた。言葉をかけても反応がない。依然として危篤状態である。

八時過ぎには病院を出て、大学に向かった。研究室に到着したあと、息子たちにメールで病状を知らせた。〝熱は三九度……〟。このあと研究に取り組もうとしたが、落ち着いて研究が出来るはずはない。

不安を解消するため、昼過ぎに病院に出かけた。道子は依然として危篤状態である。胸塞がれる思いで三〇分を過ごして、大学に戻った。そして六時にまた病院へ。病院に着いた時、すでに気管切開手術は終わっていた。喉に管を差し込まれた道子は、もう言葉を話せないだけでなく、苦痛を訴えるために声を出すこともできなくなってしまったのである。

私はその後一日も欠かさず、毎日三回ずつ道子を見舞い、毎日一回息子たちに病状を知らせた。一週間後に熱は三八度まで下がったが、依然として炎症インデックスは二〇に張り付いていた。二週間経っても、状況はあまりよくならなかった。

しかし、三週目に入って熱が三七度台に下がり、炎症インデックスが一〇を割った。そして私の問いかけにも、はっきり反応してくれるようになった。

このあと道子は、集中治療室から普通病室に移された。〝このままいけば、間もなく退院できる！〟。ところが、数日後に炎症インデックスが二に落ちたところで、容易ならざる事態が待ち構えていた。

肺炎が完治するまで、日本医大病院に置いてもらえると思っていたところ、病室に空きがないので、大学の傘下にある「亀有病院」もしくは「巣鴨病院」に転院するよう求められたのである。

「亀有病院」は大きな病院だが、大学からだと、電車を乗り継いでたっぷり一時間以上かかる。一方、都営三田線の西巣鴨駅から七分のところにある「巣鴨病院」には、アズハイムから二五分、大学から三〇分で行くことが出来る。

古い建物には、沢山のひび割れが出来ていた。〝震度五以上の地震が来たら、倒壊するのではなかろうか。このような病院に入院させるのは可哀想だが、ここであれば朝昼晩の三回見舞いに行くことが出来る〟。

見掛けは悪くても、巣鴨病院を選択したのは正解だった。まずは、一日七〇〇〇円で個室に入れてもらえたことである。面会時間は、三時から八時までと決まっていたが、ここでも看護師長に頼みこんで、朝六時から夜八時までなら、いつでも見舞いに行くことを許可してもらった。これは個室だから認めてもらえたことである。

ところがここに転院したあと、道子の病状は再び悪化した。熱は三八度を超え、炎症インデックスが二〇に逆戻りしてしまったのである。院長は「体力が落ちているので、いつ何が起こっても不思議はない状態です」と言う。

日本医大から駆け付けたかつての主治医は、「抗生物質を変えれば持ち直す可能性があります」と言った。その言葉の通り、抗生物質を切り替え、酸素補給量を四リットルから限度一杯の八リットルに増やした結果、熱は三八度台に下がり、炎症インデックスもひと桁まで下がった。この時、主治医も看護師長も、良く持ち直したものだと驚いていた。

転院後一カ月間、話しかけてもほとんど応答がなかった。しかし、二カ月目に入って状況は大幅に改善された。私の問いかけに対して、声は出せないものの、明らかに「そう」、「違う」と答えるようになったのである。

耳は良く聞こえているようなので、私は思いつく限りの言葉をかけた。しかし、毎日三時間分もの話題はない。話の種が尽きると、アズハイムにいた時と同じように、新聞記事や週刊誌、そして自分が書いた文章を読んで聞かせた。

二カ月近く高熱が続いたおかげで、道子の体はすっかり細くなってしまった。数年前に鏡に映った自分の姿を見て、「まるでアウシュビッツね」と呟いた時は、まだまだ〝ふくよか〟だった。

そこで主治医に、点滴のカロリー数を、一〇〇〇から一五〇〇まで増やしてもらうよう頼んだが、聞き入れてもらえなかった。血管から注入できる栄養液の量は、あまり多くは出来ないというのである。

身体や脚に比べると、顔や腕にはほとんど変化がなかった。〝アズハイムにいたときに比べて、表情が穏やかになったのは、痛みが納まっているということだろうか〟。

三カ月目に入ったところで、私は院長から恐れていた通告を受けた。

「大変申し上げにくいことですが、七月に入ったら、別の病院に転院していただくことになります」

「――」

「厚労省の方針で、三カ月以上入院している患者に対しては、診療報酬が大幅に減額されてしまいます。そうなりますと、病院経営が成り立たなくなりますので、退去して頂かざるを得ないのです」

「どこか適当な病院を紹介して頂けるのでしょうか」

「知り合いの病院にあたったのですが、痰の吸引が必要な患者を引き受けてくれるところは、一つしかありません」

「どちらの病院でしょうか」

「池袋からバスで二〇分ほどのところにあるK病院です。ここからですと、一時間くらいでしょうか」

〝そんなに遠いところに行くくらいなら、「亀有病院」の方がましだ。ケア・マネージャーに相談すれば、もっと近いところを紹介してもらえるかもしれない〟。

「もう少し近いところだと有り難いのですが」

「——」

「私も知り合いにあたってみます。ところで、いつになったら喉の管をはずして頂けるのでしょうか」

「いま外せば、すぐ死んでしまうでしょう」

「これから先の見通しはどうでしょうか」

「体が弱っていますから、これから先もまず無理だと思います。老人の肺炎が完治することはまずあり得ないのです」

〝誤嚥性肺炎に罹った老人にとって、気管切開は〝延命措置〟なのだ！〟。

「そうですか。それでは、ぎりぎりでいつまで置いていただけるのでしょうか」

「はっきりした期限はありませんが、七月に入ったらなるべく早く、ということでお願いします」

この病院に移るとき、アズハイムのケア・マネージャーから、〝介護難民〟について聞いていた。三カ月以上入院している患者の診療報酬が減らされるというのは、入院患者すべての平均が三カ月を超えた場合であって、短期入院患者が多い病院では、一人や二人が長逗留しても減額の対象にはならない。

ところが「巣鴨病院」の場合、三〇人余りの入院患者の多くが、要介護度が高い（地元在住の）長期入院者である。したがって三カ月を過ぎたら、なるべく早く出なくてはならないが、一カ月くらい延びても何とかなるのである。

「もう管を外すことは出来ないでしょう」という院長の宣告は、私を打ちのめした。〝肺炎が回復して、管を外してもらうことが出来れば、アズハイムに戻ることが出来る。しかし、未来永劫管を外すことはできないのだ。管がついたままでは、肺炎が治ってもアズハイムは受け入れを拒否するのではないか〟。

その翌日、私はケア・マネージャーと向き合っていた。

「肺炎はかなりよくなりましたが、七月に入ったらなるべく早く、よその病院に移ってほしいと言われました。しかし、痰の吸引が必要な患者を受け入れてくれる病院は少ないということです。入れて貰ったとしても、三カ月すればまた別のところを探さなくてはなりません」

「日本の医療制度では、普通の病院はそうせざるを得ないのです。しかし最近は、そのような人でも引き受けてくれる施設があるということですので、お調べしましょうか」

「肺炎が治っても、ここでは受け入れていただけないのでしょうか」

「痰の吸引は、看護師か家族でなければやってはいけないことになっています。以前は介護士でもやれたのですが、しばらく前に北関東のある施設で事故があってから、厚生省が方針を変更したのです。吸引は、少し練習すれば誰にでもできる簡単な処置ですし、介護士のほとんどはそのトレーニングを受けています。しかし、万一事故が起こった場合に認可を取り消される可能性がありますので、受け入れないことにしているのです」

「何かあっても施設を訴えるようなことは致しません、という誓約書を入れてもだめでしょうか」

「——」

気に入っていた自宅を離れる時、道子は筆舌に尽くせない悲しみを味わったはずだ。しかしアズハイムで、人柄がいい看護師さんや、献身的な介護士のサポートを受けた道子は、自宅で私の粗雑で乱暴な介護を受けるよりいい、と思っていたはずだ。いろいろ不満はあっただろうが、道子は自宅に戻りたいとダダをこねて、私を困らせることは一度もなかったのである。

お墓に入るまでのつなぎとして住むことになったアズハイムを、道子はそれなりに気に入っていた。そこにすら戻れなくなった道子の胸中を思って、私は涙をこぼした。

6　病院付属の介護施設

道子を介護難民にしないためには、期限を切らずに置いてもらえる施設を探さなくてはならない。栃木、福島あたりまで行けば、そのような施設は沢山あるということだが、たまにしか見舞いに行けない。インターネットを頼りに、大学周辺の病院にあたってみたが、条件に合うところはなかった。

仕事を辞めて介護に専念する人もいる。しかし、年度途中でやめると、大学院生が路頭に迷う。そこで、看護師が二四時間常駐する介護施設を探すことにした。三年前に調べた時には、通勤可能な範囲では、「サンクリエ本郷」以外にこのような施設はなかったが、その後状況が変わった可能性もある。

ダメもとで私は、自宅から五分のところにオープンしたばかりの介護施設を訪ねた。

「こちらでは、痰の吸引が必要な人を受け入れて頂けるでしょうか」

「そうですね。痰の吸引は介護士でもやれますし、うちは三つの病院と契約していますので、いざというときには、そこから医師や看護師を派遣してもらうことになっています」

「それでよければ、受け入れて頂けるということでしょうか」

「今日は責任者がおりませんので、週明けにもう一度おいでいただけませんか」

痰の吸引は、誰でもできる簡単な処置である。実際、家族であればやっていいことになっている。この程度のことを介護士にやらせないのは、医師会が厚労省に圧力をかけたためだろう。しかし、〝国民のための政治〟が謳い文句の民主党政権は、困っている人が大勢いることを受けて、この制度を変更する方針を打ち出していた。

〝この施設は近い将来の制度変更を見越して、痰の吸引を介護士にやらせ、役所のチェックが入った時には、夜間勤務の看護師がやめてしまったので現在募集中だ、と言ってごまかすつもりではないのか〟。

次々とオープンする介護施設の中には、入居者が集まらずに苦労しているところが多いから、違法を承知の上で介護士にやらせているところがあっても不思議はない。しかしそのような施設は、介護面で手抜きしている可能性がある。管理が行き届いているアズハイムのような施設にも、荒っぽいお兄さんがいたくらいだから、ここにはそういう人が大勢紛れ込んでいるかもしれない。〝このようなところに入れたら、後悔するのではないか〟。

退去期限は二週間後に迫っていた。〝この際、巣鴨病院が紹介してくれた板橋の病院で面倒を見てもらい、三カ月の間に長期滞在が出来るところを探すしかない〟。こう思っていたところ、アズハイムのケア・マネージャーが、足立区にある「ようせいメディカル・ヴィラ」という施設のパンフレットを持ってきてくれた。

一階がクリニック、二階から上が介護施設になっていて、夜間はクリニックに常駐している看護師が痰の吸引をやってくれるので、三カ月で追い出される心配はない。また肺炎がぶり返しても、一階のクリニックには医師が常駐しているから安心である。

「メディカル・ヴィラ」は、東武スカイツリー線の竹ノ塚駅から、バスで一〇分ほどのところにある。随分遠いところだが、参考のために見に行くことにした。

道案内を務めてくれたのは、「介護施設紹介業」を営む、元長銀勤めのエリート銀行マンである。適当な介護施設が見つからずに困っている人と、空室が埋まらずに困っている介護施設の間をつないで、契約がまとまったところで、施設側から入居一時金の一部を手数料として受け取る隙間ビジネスである（需要があれば供給があるのだ）。

白山から東保木間まで、車でちょうど一時間かかった。電車を乗り継いで行けば、二時間近くかかるだろう。

案内された居室は、アズハイムと同じくらいの広さがあり、不便な場所だけあって、入居金や使用料もアズハイムより若干少ない。広大な土地を保有している院長夫人が経営している施設だから、二〜三年で潰れる心配はなさそうだ。

オープン後一年もしないうちに満室になったのは、評判がいいことを示している。一部屋だけ空いていたのは、たまたま末期がんの老人が、心臓発作で亡くなったからだということだった。

施設の職員に調べてもらったところ、バス、つくばエクスプレス、都営大江戸線を乗り継いで、大学まで一時間一五分で行きつけることが分かった。これ以上の施設を見つけるのは難しいと判断した私は、その場で手付金一〇万円を払って仮契約を行った。三日後に本契約を結んだ時には、二人の要介護老人が空き部屋が出るのを待っていた。見学するのが一日遅ければ、介護難民になっていたかもしれない。

道子の病状は一進一退だった。熱は三七度の日もあれば、三九度になることもあった。また炎症インデックスも、五から一〇の間を行ったり来たりしていた。危篤状態は脱したものの、依然として重病人である。

七月一日の朝、重病人を「メディカル・ヴィラ」に移動させたその日に、私は院長のヒヤリングを受けた。

「肺炎の状態は、まだよくなっていませんし、体力もずいぶん落ちているようです。精一杯治療させていただきますが、残念ながら完治する見込みはありません」

「そうですか」

「治療計画を立てる上で、お聞きしておきたいことがあります。これから先、体調が悪くなって人工呼吸器をつける必要が出てきた場合は、どうなさいますか」

「前の病院でも聞かれましたが、それはやらないで下さい。いざというときには、気が変わるかもしれませんが、今はそう思っています」

「分かりました」

「家内はもう十分生きてくれました。絶対に回復しないことが分かっているのですから、これまでも死にたいと思っていたに違いありません。しかし、私が定年を迎えるまでは生きていなくてはならないと思って、ここまで頑張ってくれたのです。

そこで、一つお願いがあります。家内は二年以上にわたって、腰椎陥没の痛みで苦しんできました。ブロック注射とボルタレンのおかげで、かなり良くなりましたが、なるべく苦しまないで済むような処置をお願いいたします」

「そういうことなら、明日にでも整形外科医に診てもらいましょう。ここはクリニックですから手術は出来ません。しかし必要な場合には、近所の病院を紹介しますのでご安心ください。

それでは、いろいろ抗生物質をためしてみましょう」

「もうひとつお願いがあります。これまで、一日一〇〇〇カロリーしか補給して頂けなかったので、この四カ月で体重が五キロ以上減ってしまいました。可能な限り多くのカロリーを補給して頂けないでしょうか」

「体を動かすことができないのですから、一〇〇〇カロリーで足りるはずですが、高熱が続いたので必要量が多かったのでしょう。それでは、当面一二〇〇カロリーでやって見ましょう」

ヒヤリングを終えた後、私はバスに乗って二キロほど東にある「六町駅」に出た。東京二三区内とは思えないような、辺鄙なところである。そこからは、つくばエクスプレスで新御徒町へ。都営大江戸線に乗り換えて春日まで行き――勤務先の中央大学理工学部は、ここから五分のところにある――都営三田線に乗り換えて一駅で白山。乗り替え回数は多いが、バスの時間を見計らっておけば、大学までは一時間少々の道のりである。

それもこれも、数年前に都営大江戸線とつくばエクスプレスが開通したおかげである。それまでであれば、根津駅まで歩いて千代田線に乗り、北千住で東武スカイツリー線に乗り換えて竹ノ塚へ。そこからバスで一〇分かかるから、乗り継ぎ時間を含めれば、二時間近くかかっただろう。

翌朝は五時ちょうどにアズハイムを出た。しかし、早朝は電車やバスの本数が少ないので、メディカル・ヴィラに到着したのは六時四五分だった。

道子の居室がある二階には、一三人分の居室と大きなラウンジとナース・ステーション、そして事務室があった。エレベーター・ホールには、四人の看護師と約二〇人の介護士の写真が貼ってあった。介護士はアズハイムより若い人が多く、看護師は逆にベテランが多かった。

整形外科医の診察を受けたところ、腰椎の状態はかなり良くなっているので、ブロック注射や手術はせずに、これまで通り、ボルタレンの座薬を一日三回処方してもらうことになった。

しかしこの薬には、血圧降下作用があるため、最高血圧が一〇〇以下の場合は挿入してもらえない。もともと低血圧だった道子は、心室頻拍を患って以来、この傾向が強まったため、二回に一回しか挿入してもらえなかった。

介護士が体温、血圧、体内酸素の検査に現れるたびに、私は祈るような気持ちで報告を待った。体内酸素が九六以下の時には、すぐさま痰の吸引をお願いした。熱については、三七度五分までは心配しないことにした。三八度を超えた時には、介護士が鼠頸部と脇の下に冷却剤をあてがうと、三七度くらいまで下がる。下がらなければ、抗生物質のお出ましである。

一方、血圧が一〇〇以下のときには、私が何度も測りなおし、一〇〇を超えるのを待って看護師にボルタレンを挿入してもらった。

風呂がない巣鴨病院では、週に一回全身を清拭してもらえることになっていた。しかし、しばしば高熱が出たため、拭いてもらったのは、月に一〜二回だったのではなかろうか。

最初の二週間、ウィークデーは毎朝四時に起き、シャワーを浴びた後、五時ちょうどにアズハイムを出た。六時四五分にメディカル・ヴィラに着いて、九時過ぎまで道子のそばに付き添い、一〇時半までには大学に出勤した。

講義が終わったあと、出勤途中で買った弁当を食べながら息子たちにメールを打ち、午後は様々な雑用をこなす。余った時間には研究をやる。五時ちょうどにオフィスを出て、電車の中で研究の続きをやり、六時半から一時間ほど道子のそばで過ごす。そして九時過ぎにアズハイムに戻り、三〇分後にはベッドに入った。

ところがこの年の夏は、歴史に残る猛暑だった。このため、一カ月後に古希を迎える老人は、不整脈に悩まされるようになった。朝夕二回見舞うのは無理だと判断した老人は、夕方の部を省略することにした。その代わり、講義がない日は一〇時半まで道子のそばで過ごした。朝の二時間半と、夕方の一時間を合計すると三時間半である。講義がある日の分は、週末に補てんした。

巣鴨病院では、二カ月にわたって八リットルの酸素補給を受けていた。ところが転院して間もなく、主治医の判断で三リットルに減らされた。こんなことでは、すぐに死んでしまうのではないかと心配したが、血中酸素濃度は九五%を超えていた。

酸素過多になると、意識が朦朧とするということは知っていた。必要量の二倍以上の酸素を、三カ月近くにわたって吸わされた道子は、まさにその状態だったのだ。酸素を減らしたあと、道子の反応は驚くほど良くなった。

メディカル・ヴィラまでの交通費は往復で一六〇〇円、定期券を買っても月に四万円以上かかった。ところが、八月に満七〇歳を迎えた機会に、東京都のシルバーパスを購入したおかげで、月一万三〇〇〇円で済むことが分かった。

年に二万五一〇〇円（無収入の人は一〇〇〇円！）払えば、都営地下鉄と都営バスに、無料で乗ることができるのである。しかも都営交通機関だけでなく、都内の私鉄バスも（運転手が嫌な顔をするのを気にしなければ）、すべてタダで乗れるのである。

年寄りの中には、高額な年金を貰って、悠々と暮らしている人も多い。そのような人までもが、低賃金で働いている若者を尻目に、タダ乗りしているのはいかがなものだろうか（実際、昼日中に都バスに乗っている人の六割は、七〇歳超の老人である）。

こう書くと、そういうお前はどうなんだ、と言われてしまいそうだが、私がこの恩恵に浴したのは、半年余りに過ぎなかった。

道子の意識が戻ったので、私は毎朝一時間以上（一方的に）話しかけた。（一〇〇円で買える）産経新聞の名物コラム〝産経抄〟の朗読から始まり、大学での学生・同僚とのばかばかしい物語、スターのゴシップ、相撲の勝敗、新聞記事から興味がありそうなものを手あたり次第に。種が尽きれば、昔話あれこれ。そして書きあがった原稿の朗読。

「聞いているか」と尋ねると、瞼を動かして「聞いているわよ」と答えてくれる。反応がない時は、眠っているものと判断して、論文書きもしくは原稿書きに励んだ。

抗生物質のおかげで、熱は三七度台に下がり、炎症インデックスも一ケタに下がったが、一週間以上続けて投与することはできないという。ところが投与をやめてしばらくすると、また熱が上がって行く。

入居して一カ月ほどしたころ、クリニックから大学に電話がかかってきた。病院からの電話がいい話であるはずがない。悪い予感は当たった。朝は異常がなかったのに、昼過ぎに高熱が出たので、下の階の病室に移したと言う。

午後の講義が終わったあと、急いで駆け付けると、道子は四人部屋で医師の診察を受けていた。熱は八度五分、酸素濃度は九五、そして炎症インデックスは一五。診察を終えた医師は言った。

「肺炎がぶりかえした可能性がありますので、大事をとって入院させました。抗生物質を投与したところ、熱が下がり始めましたので、大事には至らないと思います。個室に空きがありませんので、しばらくはここで我慢してください」

五日目に三七度に戻り、炎症インデックスも二まで下がったところで、無事退院してエレベーターで介護施設に戻った。クリニックと介護施設がつながっているのは、本当にありがたいことだった。

私が付き添っているときには、息苦しくなるとすぐに看護師を呼んで、痰の吸引をやってもらった。ところが早朝は人手が少ないので、なかなか来てもらえない。ある朝いつも通り六時四五分に見舞ったところ、痰が喉に絡んでぜいぜいしていた。酸素濃度を測ると、九三にまで落ちていた。早く吸引してもらわないと、呼吸困難で死んでしまう。

看護師は七時半にならなければ出勤しないので、下のクリニックから看護師を呼び出してことなきを得た。介護士は深夜も定期的に見回ってくれるのだが、運が悪いとこのようなことが起こるのだ。

熱が下がったあと、五カ月ぶりにお風呂に入れてもらった時の嬉しさは忘れられない。垢を全部こすり落とすと、服を二枚脱いだ状態になるので、一枚分だけにしておいたと聞いて、思わず言ってしまった。

「〝垢い服〟を二枚も着ていたとは知らなかったよ」と。道子は、この駄洒落が分かったようだった。もし口がきけたら、「失礼なことを言わないで！」と言い返しただろう。

床ずれが出来ないように、二時間おきに介護士が身体の向きを入れ替えてくれた。そのたびに下腹部や脚が目に入る。へこんだお腹としわが寄った脚を見るたびに、胸がつぶれた。

出来る限りの介護をしてもらうためには、介護士がわれわれに対して好意を持ってくれることが大事である。低賃金で老人を介護するのだから、疲れているときには手抜きしたくなるだろう。そこで私は、月に二〜三回菓子折りを差し入れ、介護士に話しかけることにした。

私生活については、なるべく触れないようにしていたが、毎日顔を合わせていると、自然にいろいろなことが分かってくる。

高校を出てすぐこの施設に勤め、母子家庭を支えている健気な娘さん。子持ちバツイチで、声がよく通るアラサーの美人。まだ二〇代前半なのに、やたらに白髪が目立つ青年。不祥事を働いて、芸能界から追放された歌手と同姓同名の青年。

勤めていた会社を早期退職したあと、再就職した会社が倒産しまった、気の毒で人がいい五〇代の男性。無駄なことは何一つ言わない五〇代の介護士長、などなど。

夕方の部をスキップしたおかげで、少しばかり自由になる時間が出来た。しかし、七〇歳を超えた老人が研究に取り組んでも、ロクな論文が書けるとは思えないし、もうやるべきことはやったと思うようになった。

こうして私は、自由な時間を〝工学部の語り部〟としての仕事に充てることにしたのである。書くべきことはいくらでもあった。九月には、『工学部ヒラノ教授』が、新潮社から出版されることが決まった。

このことを報告した時、道子ははっきり「よかった」と言ってくれた。もし普通に言葉が話せたら、いつも通り「きっと売れるわよ」と付け加えてくれただろう。この言葉に後押しされて、私は直ちに『工学部ヒラノ教授の事件ファイル』の執筆に取りかかった。万一売れた場合、次のストックがなければ一発屋で終わってしまうからである。

夕方の見舞いをスキップした私は、六時に仕事を終えたあと、本屋を覗いたり、友人やかつての同僚に会うことにした。

彼らは、要介護度五の妻を介護する老人を気遣ってくれた。しかし本人たちも、認知症の母親や、長患いの奥さんの介護に疲れていた。またそのような問題がなくても、心臓バイパス手術を受けたり、腰や目が悪かったり、糖尿病で酒を禁じられている人もいた。

中には、「人生はこれからだ。一〇〇歳までバリバリやるつもりだ」とのたまうギラギラ男もいたが、この言葉を耳にした友人たちは、「あいつ、少しおかしいんじゃないか」と囁きを交わした。

老人になると、話題は病気と介護、そしてＰＰＫ（ぴんぴんころり）に集中するという話を聞いたことがある。実際、会食の際に「暗い話はやめて、もっと明るい話をしましょうよ」と提案しても、いつの間にか暗い話に戻ってしまった。

一方道子に対しては、徹頭徹尾明るい話をきかせてあげることにした。そのために、寝る前に翌朝話すべき内容を考え、手帳に書き留めた。結婚する前も、デートの際の話題探しをしていた男に、五〇年目にしてその日が戻ってきたのである。

話のタネが尽きた時は、持ち込んだ数十枚のＣＤを聞かせて時間稼ぎをした。道子が好きなのは、「Ｋｉｒｏｒｏ」「ゆず」「嵐」「沢田研二」「井上陽水」「コブクロ」「チューリップ」「クイーン」、そしてウィーン時代に楽しんだ「アイーダ」「カルメン」「ボエーム」「リゴレット」などである。

八月から一二月まで、道子は一カ月おきに高熱が出て入院した。毎回死んでしまうのではないかと心配したが、驚異の頑張りで生き延びてくれた。

午前中に講義がある火曜と木曜を除いて、入院中は昼まで道子のそばに張り付いていた。個室があてがわれたので、いつでも病室に入ることが出来た。差額ベッド代は巣鴨病院の二倍、東大病院と同じ一万五〇〇〇円だった。四人部屋だと、見舞い時間に制約があることを考えればやむを得ない。

二〇一〇年の大晦日には、施設の宿泊施設に泊めてもらい、九時過ぎまで道子とラジオで紅白歌合戦を聞いた（テレビはあったが、瞬きができない人には無用の長物だった）。八畳ほどの和室に無料で泊めてもらえるのは、とても有り難かった。その上、営業担当の女性が熱燗までサービスしてくれた。

　年が明ければ、道子は一六日で満七〇歳になる。アズハイムに入居した時は、ここまでは持たないと思っていた。そして肺炎に罹ったあとは、この言葉の前に〝絶対に〟という修飾語が付いた。

　誕生日には、介護士一同の寄せ書きが届いた。そして一〇人のスタッフが、ハッピー・バースデーを歌ってくれた。みんなが居なくなったあと、私はアズハイムに入居して間もなく買い求めた、四四年遅れの結婚指輪を取りだした。

　結婚した時は、おカネがないので指輪を買うことはできなかった。その後道子は、「指輪なんかいらない」と言っていたので、そのままになっていた。ところが、退職金が出た折の会話から、お墓だけでなく指輪も欲しかったのではないかと思った私は、その次の誕生日に安物の指輪を買ったのである。

　このとき道子はとても喜んでくれた。しかし金属アレルギーのせいで、指がただれてしまったので、特別のとき以外はつけないようにしていた。それを古希の記念日にはめてもらおうと思ったのである。薬指は湾曲しているので、やむを得ず小指にはめたところ、その感触が分かったのか、道子はとてもうれしそうな表情を見せた。

7　三・一一大地震

二〇一一年三月五日、神田にある「如水会館」で、私の定年退職を祝うパーティーが開催された。集まったのは、東工大と中大で私の研究室に所属した、約七〇人の元学生たちである。パーティーの後に残った仕事は、部屋の片づけと荷造りだけである。これが済めば、三七年に及ぶ私の大学生活は終わる。ではいつ研究室を退去すべきか。最適な退去日を、早からず遅からずの三月二九日に設定し、引っ越し屋を頼んだ。

これを遡る一カ月前に、私はアズハイムを引き払って自宅に戻った。半年以上迷い続けてきたが、ついに退去を決断したのは、道子に死が訪れた時、せめて一夜なりとも、大好きだった自分の家で過ごさせてあげたいと思ったからである。

散らかった寒々しいマンションに戻ったら、いつもきちんと片付けをやっていた道子は、悲しい思いをするだろう。〝いまのうちにあそこに戻って、片付いた部屋に迎えてあげよう――〟。

こう書くと、立派な行いだと思われるだろう。しかし私には、背に腹を換えられない事情があった。

退職後の年金は、道子の分を合わせても、四〇〇万円を超えることはない。このままアズハイムに住み続ければ、二人分の経費は月六〇万円を超える。その上、娘の介護費用もある。

これまでは、収入と支出が辛うじてバランスしていた。しかし定年後は、毎年五〇〇万の赤字である。道子にはいつまでも生きていてもらいたい。しかし、ここ数年の間に蓄えが激減してしまったから、五年以上生きたら破産間違いなしである。〝この際、少しでも出費を減らさなくてはならない――〟。

こんなに当たり前の結論に到達するまで、半年も迷ったのはなぜか。それは（私の懐具合を知らない）道子が、自分が居なくなった後も、私がアズハイムに住み続けることを希望していたからである。

老人の一人暮らしは危険が一杯である。また、年老いた父親が一人暮らししていると、子供たちも気がかりだろう。だからと言って、わがままな夫が、息子夫婦の世話になることに我慢できるとは思えない。

道子の判断は常に正しい。それがよく分かっている男としては、経済問題だけで退去するわけにはいかなかったのである。

大学の研究室がなくなったあと、どこかに仕事場を確保しなくてはならない。都内にオフィスを借りれば、月に一〇万円くらいかかる。となれば、自宅を仕事場にするしかない。毎朝道子を見舞ったあと、自宅で仕事をして夕方アズハイムに戻る。かねて私は、道子にこう説明していた。

しかし自宅があるのに、眠るだけのために月々三〇万も払うのはばかげている。道子を騙すのはいかがなものかと思ったが、私は決断した。そしてひとたび決断を下したあと、全く迷いはなくなった。

元気なうちは、セコムとの契約を復活して、腐乱死体発生事件を防ぐ。そして、あらかじめ息子に頼んでおいて、身体の自由が利かなくなったら、どこかの介護施設に入れてもらえばいい（入居一時金を払うことが出来れば、の話だが）。

貯金はここ数年の間にずいぶん減ってしまったが、これから先〝工学部の語り部〟として、年に二〜三冊の本を書けば、何とかしのぐことができるのではなかろうか。どうにもならないときは、別荘を売る。それでもダメなときは………。

自宅に戻るにあたって調べたところ、自宅からメディカル・ヴィラがある東保木間までの所要時間は、一時間少々であることが分かった。五年ほど前に、東京メトロ・半蔵門線が押上まで延伸され、東武スカイツリー線直通の電車が運行されていたのである。

錦糸町という、〝川向う〟にあるマンションを買うことを提案した時、道子はここがいかに便利なところかを力説した。近所に六つの映画館があること、成田まで直通の電車があること（この当時、年に三回は海外出張があった）、近いうちに地下鉄・半蔵門線が錦糸町まで延びてくること、近所に大きなデパートやショッピングセンターが出来ること、などなど。

道子は嘘をつくような女ではない。しかし当時は、私にお金を出させるためのセールス・トークではないかと思っていた。ところが、その後一〇年を経ずして、言っていたことすべてが実現し、錦糸町は〝東の新宿〟と呼ばれるようになった。

三月一一日の午後、私は築後三〇年のビルの一〇階にある研究室で片付けをやっていた。一〇〇〇冊以上あった蔵書の半分以上を廃棄したあと、残る仕事は自宅に持ち帰る本の箱詰めと、書類の整理である。

震度五強の大地震が襲ってきたのは、片付けが一段落して紅茶を飲んでいるときだった。

〝関東大震災だ！〟。いつかくることは分かっていた。しかし私は、それが一〇年先であることを願っていた。〝そのころであれば、もう生きていないはずだ――〟。

築後三〇年になる老朽ビルの揺れは、かつて「墨田区防災センター」で体験した震度六を上回っていた。あの時は、シミュレーションだということが分かっていたので、恐怖感はなかった。一方本物の地震は、シミュレーションとは似て非なる物だった。

階段を駆け下りてビルの外に逃げ出したが、余りに寒いので、階段を上って一〇階に戻り、荷物をまとめていたところに、また大きな揺れがやってきた。再び階段を駆け降り、錦糸町行のバスで帰宅することにした。大渋滞でバスが動かなくなったので、途中下車して約六キロの道を歩いて帰った。

戻った先の自宅には、地震の被害は全く見られなかった。机の上のコップや、棚の中の食器なども動いた形跡がなかった。この時私は、道子が「このマンションは耐震性が優れているから、地震が来ても大丈夫よ」と言っていたことを思い出した。

緊急地震警報が出続ける中、眠れない一夜を過ごした私は、翌朝いつも通り四時に起き、五時過ぎに押上駅に向かった。ここから、半蔵門線・東部スカイツリー線直通電車に乗って西新井まで行き、そこから普通電車に乗り換え一駅で竹ノ塚、そしてバスに乗って一〇分後に東保木間に着くはずだった。ところが地震の影響で、直通電車は運休だった。

駅員に尋ねると、一〇分先の業平駅（現在のスカイツリー駅）から東部浅草線に乗れば、竹ノ塚まで行けるはずだと言う。間引き運転のため、業平駅で待つこと二〇分。のろのろ電車で、四〇分後に竹ノ塚駅に着くと、駅にはホームはもとより階段の先のバス停まで、都心に出勤するサラリーマンが溢れていた。

いつもより一時間遅く施設に着いた時、道子は明らかにおびえていた。免震構造の建物の二階だから、大学の研究室ほど揺れは大きくなかったはずだが、自力では逃げ出すことが出来ないのだから、とても怖い思いをしたはずだ。

そのあと私は、三時まで道子のそばに付き添った。春休みに入ったあとも、毎日大学に出ていたが、あの恐怖を味わったあと、一〇階のオフィスで仕事をする気にはなれなかったのである。

免震ビルでも、余震が来るたびに大きく揺れた。ラジオでは、大津波のために東北三県が大被害を受けたこと、電源が失われたため、東電福島原発が危機的状況に陥っていること、これらの災害を前に、政府も東電も大混乱に陥っていること、コンビニの棚から食料品や電池が消えたこと、東電が計画停電に乗り出すこと、などを伝えていた。余震が来るたびに、私は道子の腕をさすりながら、思いつく限りの〝気休め〟の言葉を発し続けた。

幸い介護スタッフの大半は、近所に住んでいるので、介護体制は普段と変わらなかった。また自家発電施設が設置されているので、万一停電になっても、酸素補給や痰の吸引などに影響が出ないことが分かったので、三時過ぎにメディカル・ヴィラを出て、朝来たルートを逆にたどって、二時間後に自宅にたどり着いた。途中で覗いたコンビニやスーパーの棚は、ほとんど空になっていた。

この後も私は、毎朝道子を見舞った。一週間後には、直通電車が運行を開始したので、〝通勤〟は少々楽になった。しかし原発事故のおかげで、これまで以上に暗い気持で毎日を過ごしていた。なぜなら私は若いころ、原子力エリートたちと付き合ったことがあるからだ。

原子力発電の黎明期に、この分野に参入した彼らは、極めて優秀だった。私は彼らが、「日本では絶対に原発事故は起こらない」と言っている以上、事故は起きないと思っていた。

劣化した政治家と独善的な官僚のせいで、わが国は〝失われた二〇年〟を経験した。しかし私は、〝ポストゆとり教育〟のもとで育った世代の奮起によって、一五年後には復活することを期待していた。ところが、絶対に安全なはずの原発は重大事故を起こし、わが国は取り返しがつかないダメージを受けた。

三人の友人を含む原子力エリートたちは、もともと原発反対だった人たちだけでなく、一般市民やエンジニアからも、〝原子力村の悪人〟として、後ろ指さされ組になってしまった。私自身も、無条件に彼らを信用して、原発の近所に親戚が住む秘書に対して、「日本の原子力技術者は（ほかのエンジニア同様）とても優秀ですから、事故を起こす心配はありません」と言い続けてきた思い上がりを恥じた。恥じただけではない。私はエンジニアとしての誇りを失ったのである。

二週間後、私は久しぶりに大学に出勤して、片づけの続きを始めた。簡単に終わるはずだと思ったが、なかなか終わらなかった。持ち帰る本や資料の箱詰めが終わったのは、引っ越し業者がやってくる三月二九日の朝だった。

六〇個の段ボールは、マンションの部屋を埋め尽くした。丸一日かけても、これだけの荷物を片づけることは出来そうもない。老人があまり無理をしてダウンすると、皆勤介護記録が途切れてしまう。

アズハイムに住むようになってから、私は毎朝道子に、その日の日付と曜日を伝えたあと、自宅とアズハイムの住所、電話番号、孫たちの名前などを復唱してもらった。気管切開してからは、日付と曜日、そしてクリスマスやお正月、誕生日などの特別な日には、欠かさずそのことを伝え続けた。

ところが古希を過ぎて、定年が近づいてくるに従って、日付けを教えることを躊躇するようになった。〝かねて、「あなたが定年を迎えるまでは生きていたい」と言っていた道子は、私が定年を迎えた後、気が抜けて逝ってしまうのではないか〟。

三月三〇日の朝、私は無事に引っ越しが終わったこと、三日後に定年退職すること、そしてこれから先もアズハイムに住み、自宅を仕事場にすることを告げた（果たして道子は、この言葉を信じただろうか）。

その日の夕方、私は神田の居酒屋で、東工大時代の同僚である中川教授と飲んでいた。

「先生とお会いするのは、何年ぶりでしょうかネ」

「『すべて僕に任せてください』が出た時以来ですから、もうそろそろ二年になりますね」

「その後、奥さまはいかがですか」

「一年前に誤嚥性肺炎に罹って、気管切開を受けました。そのあと、文京区の介護施設を追い出され、今は足立区東保木間の施設で暮らしています。私は先月末に自宅に戻って、独居老人暮らしです」

「それは大変でしょうね」

「毎朝見舞いに行っているのですが、地震の後は電車の本数が少ないので苦労しています」

「毎朝行くんですか？」

「入院して以来ずっとです」

「仕事があるのに、毎朝遠くまで見舞いに行くなんて普通じゃないですね。何かあるんじゃないですか？」

「何かって？」

「後ろめたいことが」

「――」

「そうでもなければ、毎日なんか行きませんよ。どうです、図星でしょう」

「五〇年も一緒に暮していれば、いろいろありますよ。実は……」と白状しかけたところに携帯が鳴った。

「ようせいの看護師ですが、奥様の具合がよくありませんので、これからすぐおいでいただけませんか」

「どのくらい悪いのでしょうか」

「原因は分かりませんが、首の回りが腫れて九度五分の熱があります」

「分かりました。これからすぐ伺います」

酔いはたちまち醒めた。電話のやり取りで、妻の具合が悪いことが分かった中川教授は、心配顔で送り出してくれた。タクシーを捕まえて秋葉原まで行き、日比谷線に乗ろうとしたところ、本数が少ないうえに、夕方のラッシュアワーに重なったため、ホームには人が溢れていた。何とか二本目に潜り込んだが、これほど混雑した電車に乗ったのは一〇年ぶりだった。

八時過ぎに病院に着くと、主治医が道子に付き添っていた。

「遅くなりました。どんな具合でしょうか」

「首から胸にかけて、膿がたまっているようです。手術をして膿を抜くという手もありますが、大掛かりな手術ですから、大病院でなければ出来ないでしょう。奥さまは身体が弱っていますので、手術はせずに、抗生物質で菌を叩くのがいいと思います。精一杯やってみますが、今回は上の部屋に戻れるかどうか分かりません」

〝ついにその時が来たのだ。道子が居なくなったあとどうすればいいだろうか〟。一〇時過ぎまで道子に付き添った私は、一二時少し前に自宅に戻った。

翌朝見舞ったところ、抗生物質のおかげで熱は七度台に下がり、首も少し細くなっていた。意識も回復していたので、嬉しくなった私は、よく考えもせずに、「今日は三月三一日、定年退職の日だよ」と口走ってしまった。

昼まで付き添ったあと自宅に戻り、部屋の片づけに取り掛かった。段ボールを次々に解体し、本を本棚に詰め込んだ。道子が生き続けてくれると思ったせいで、バカ力が出た私は、暗くなるまでに四〇個の段ボールを片付けた。翌朝三時に起きてゴミ捨てをやったところ、部屋の中はかなりきれいになったが、まだ片づけ上手な妻に見せられる状態ではなかった。

四月一日の朝、抗生物質が効いたせいか熱は三六度台に下がり、首回りもほとんど元の状態に戻っていた。

「よく頑張ったね。今日は四月一日の金曜日。でも僕は、これからは毎日が日曜日だ。昨日は、午後中荷物の片づけをやったおかげで、半分以上終わったよ。今日の午後は、君に笑われないくらいまで、部屋をきれいにするつもりだ。そうなれば、もの書きが出来るというわけさ。これからは、毎日昼までここにいるからね。原稿が出来上がったら、また読んであげるよ」

四月二日の朝、すっかり症状が回復した道子に、私は謎をかけた。

「今日は四月二日だけど、何の日か分かる？」

「――――」

「分かるよね。今日は、僕たちが一緒に暮らすようになってから、満四八年の記念日だよ」

そこに看護師が、痰の吸引にやってきた。

「僕らは、明日から結婚四九年目に入るんです」

「あと一年で金婚式ですね。仲がよろしくて羨ましいわ」

〝この分なら、まだしばらくは生きていてくれそうだ〟。私は晴れやかな気持ちで家に戻り、片づけの続きをやった。〝ここまでやっておけば、道子に見られてもバカにされずに済むだろう〟。

8　二〇一一・四・三

「おはよう。今日は四月三日の日曜日だよ。結婚生活四九年目に入りました」

道子は少し瞼を動かして、この言葉に答えてくれた。姿を現した看護師は、

「熱も炎症インデックスも正常に戻りました。これで、一安心ですね」と言った。

「よかったね。部屋の片づけが終わったので、これからエンジン全開でもの書きをやります」

私は一一時過ぎまで病室にいたあと自宅に戻り、執筆に取り組んだ。電話が鳴ったのは、その日の三時である。

「大変です。奥様の呼吸が止まりそうです。すぐに来ていただけませんか」

「朝はあんなに元気だったのに！　いますぐ出ます。一時間くらいで着くと思いますので、どうかよろしくお願いします」

家を飛び出した私は、小走りに歩きながら、二人の息子に電話した。四時に病院に着くと、

意識不明状態の道子に、一人の看護師が心臓マッサージを施し、もう一人がラッパのようなゴム製の器具で、肺の中に酸素を送り込んでいた。間もなくやってきた主治医は、

「三時ころ急に呼吸が止まりました。人工呼吸器をつければ、まだ生きられると思いますが、どうなさいますか」と尋ねた。

私の気持ちは決まっていた。〝延命措置はやらない。このあと植物状態になって生き続けるより、ここで逝かせてやる方がいい。息子たちも同じ意見だろう〟。

「以前申し上げましたとおり、これ以上の延命措置はなさらないでください」

「分かりました。脳波計をご覧になれば分かりますが、奥様は既に脳死状態です」

タッチの差で、いまわの際に間に合った健一は、私の意見に同意してくれた。そこで改めて、われわれの意思を伝えると、医師は看護師に対して、心臓マッサージと酸素補給を中止するよう指示を出した。心臓が停止したのは、その数分後である。

道子が死んだ時には、取り乱すのではないかと心配していたが、平静だった。〝ぎりぎりまで頑張ってくれたのだから、諦めるしかない。人間は遅かれ早かれ死ぬ。どちらかが先に逝く以上、自分が先でなくてよかった〟。

医師の死亡宣告を聞いたあと、私は葬儀社に電話をかけた。アズハイムに入居して間もなく、明日にもやってくるかもしれないその日のために、予め頼んでおいたのである。先方は、担当

者が戻り次第電話する旨約束してくれた。

次は、一週間前にお墓の維持費の払い込みに行ったばかりのお寺である。

「もしもし。いつもお世話になっている今野です。先ほど家内がなくなりました。これから葬儀社と打ち合わせするところですが、なにぶんよろしくお願いいたします」

「それはご愁傷様です。お通夜は五日、告別式六日でしょうかね。五日の夕方は空いています。六日は午後から用事がありますが、一一時からでよろしければ都合をつけます」

「宜しくお願いします。打ち合わせが終わりましたら、また連絡いたします」

「戒名はどうなさいますか」

〝戒名は葬儀代より高くつくと聞いたことがあるが、どう答えればいいのか。そもそも道子は、戒名なんか欲しがるだろうか。しかし、お墓を作ったのに、戒名は要りませんと言うわけにはいかない〟。

「六文字ですと、五〇万円いただくことになっています」

〝六文字が最低なのか。それとも、こちらの懐具合を勘案して、中くらいの数字を出したのか？〟。

「その上はどうなりますか」

「次は八文字で、八〇万円です」

〝一文字につき一五万円！　坊主丸儲けとはこのことだ。しかしここでけちをして、みょうちきりんな戒名をつけられ後々まで後悔するより、三〇万円余分に払った方が賢明だ〟。

「それでは、八文字でお願いします」

「分かりました。いい戒名を考えておきましょう。それでは、奥様の生年月日とお名前を教えてください」

心なしか、相手の対応が変わったように感じたが、下衆の勘ぐりだろうか（あとで知ったことだが、いまどき戒名に八〇万円も払う人は、一〇〇人に一人しかいないということだ）。

その晩道子は、施設の中の霊安室で一夜を過ごすことになった。葬儀社とお寺との打ち合わせが終わった後、霊安室で道子に対面した私は、その美しさに衝撃を受けた。普段の道子は、口紅をつけるくらいで、ほとんどお化粧なるものをしたことがなかった。しかし、介護士の手で死化粧を施された道子は、二〇代のころを思い出させるような美しさだった。

息を引き取ってから、まだ三時間も経っていないのに、体は冷たくなっていた。何を言っても聞こえないことが分かっていても、私は道子に感謝の言葉をかけ続けた。

一晩中付き添おうかと思ったが、九時過ぎに裕二が到着したところで、自宅に戻ることにした。翌朝家に帰る道子のために、もう一ラウンドの片付けと掃除をやっておこうと思ったためである。〝自分のお城〟で、最後の一晩を過ごす道子を、きれいに片付いた部屋で寝かせてあげたかったのである。迷った末に、自宅に戻ったのは正解だったのだ。

翌朝九時ちょうどに、葬儀社の車に乗せられた道子は、十数人の介護スタッフ見送られて、自宅に向かった。運転手は、「大震災直後はガソリンが手に入らず苦労しましたが、三月末には平常に戻りました」と言っていた。

三年九カ月ぶりに自宅に戻った道子を、奥の六畳間の布団の上に寝かせ、簡易仏壇を組み立てたあと、葬儀社との打ち合わせが始まった。東京都が、大震災で亡くなった何千人もの人の火葬を引き受けたため、葬儀場はどこも大混雑しているという。

自宅に近い町屋の葬儀場には空きがなかったため、あちこちあたって見つかったのは、中野にある葬儀場だった。お通夜と告別式は、そこから五キロほど離れた江古田の斎場で執り行われることになった。震災直後であれば、どこも塞がっていた可能性があるから、これでも運がよかったというべきだろう。

場所と日時が決まったあとは、どの程度〝豪華な〟葬儀をやるかに関する打ち合わせである。

結婚当初の道子は言っていた。

「私が死んでも、お葬式はしないでいいわ。お墓もいらない。骨は海に撒いてね。死んだあと、自分の痕跡はすべて消してしまいたいの」と。

〝すべての痕跡を消したいだって？　生きていても何の意味もないということか？〟。ショックを受けた私は、その後この件については一切触れないようにしてきた。だから、道子がお寺のパンフレットを持ち出して来た時、私は忘れていた四〇年前の言葉を思い出して、びっくりしたのである。

道子は物欲のない女だが、住むところにはこだわった。四八年の結婚生活の間に、欲しいと言ったものは、流山のマンション、八ヶ岳の別荘、錦糸町のマンション、そして三人目の子供だけである。

〝その道子が、死後の棲家であるお墓が欲しいと言ったからには、買わないわけにはいかない。しかし、なぜ心境が変わったのだろうか。お墓を買ってほしいと言ったのだから、葬式は要らないという言葉も取り消しだろう。しかし、見栄を張ることには無縁の道子が、キンキラキンの葬式をやってもらいたいと思うはずはない。そうは言っても、あまりにもみすぼらしい葬儀では可哀そうだし、子供たちの顔をつぶしたら申し訳ない〟。

選んだのは、中の上クラスの葬儀だった。もしまだ現役だったら、学生や同僚がぞろぞろやってくるから、道子が嫌うキンキラキン葬儀をやらざるを得なかったかもしれない。

葬儀社の担当者が引き上げた後、私は午後中ずっと道子と話をして過ごした。そして、誰の目も気にすることなく、思い切り涙を流した。明日からの二日間、流す涙がなくなればいいと思いながら。

自分のお城で一夜を過ごした道子は、翌朝一〇時に迎えに来た葬儀社の車で、江古田斎場に運ばれて行った。「次の引っ越し先はお墓ね」と言っていた道子は、遠回りはしたものの、結局自宅からお墓に引っ越しすることになったのである。

葬儀に集まってくれたのは、（麗子を含む）家族四人と親戚が一七人、そして友人が十数人である。もともと道子は、友だち付き合いが少ない女だった。その上、身体の自由が利かなくなってからは、子供たち以外は誰にも会いたがらなかったから、声をかけたのは、最後まで付き合いがあった学生時代の友人三人だけだった。

告別式の夜、道子の高校時代のクラスメートから、翌日開かれるクラス会の出欠に関する問い合わせのメールが届いた。通夜の日に、翌日に開かれるクラス会に関する問い合わせがあるというのは、不思議なめぐりあわせである。

そこで私は、一九年にわたる難病との戦いを終えて、私が定年を迎えた三日後に亡くなったこと、クラス会の日に告別式が行われる予定であることを伝えるとともに、道子に替わって、長い間の交誼を感謝する旨のメールを返信した。

この知らせは、クラス会の席上で報告されたはずだが、五〇人のクラスメートのうちで、道子の訃報は何人目だったのだろうか。

告別式の日は、空は美しく晴れ渡り、暑くも寒くもない絶好のお花見日よりだった。坊さんの長ったらしいお経と、その後に続くお説教が終わったあと、道子を乗せた車は火葬場に向かった。付き添ってくれたのは、二人の息子とその家族、私の兄弟夫婦の合計一三人である。

火葬場を訪れるのは、母の葬儀以来である。あの時は、骨になるまで一時間近くかかったが、技術進歩のおかげか、それとも道子の体が華奢だったせいか、今回は四〇分しか掛からなかった。

まだ熱い骨壷を抱えて、息子が運転する車で自宅に戻って緊張がほどけた私は、ビールを飲んで明るいうちから寝てしまった。

翌朝私は、道子のところに行く必要がなくなったにもかかわらず、いつも通り四時に起きて、五時過ぎに散歩に出た。道子が居なくなったからといって一日でもサボると、それがきっかけで怠け癖がつくことを恐れたからである。

数年前に発症した花粉症のせいで、春先から五月末まで頭の中がボーッとしていたが、昨年道子が入院して以来、緊張が続いたためか、症状は少しおさまっていた。しかしこの日は、目の前に霞がかかっているように感じられた。

家族が死ぬと、やらなくてはならないことがたくさんある。まずは香典の整理。区役所への死亡届け。年金事務所と保険会社への連絡。香典返し。位牌や仏壇の注文、などなど。

八〇万円払ったおかげで、坊さんは道子にピッタリの戒名を付けてくれた。〝優誉麗室道和大姉〟。〝優しく、誉れ高く、和やかで麗しい道子夫人〟という意味だろう。五〇万円であれば、どの二文字が抜けたのだろうか。

四月半ばに様々な仕事が終わり、気が抜けたせいか、ある朝散歩に出て押上駅の手前でスカイツリーを見上げた瞬間、激しいめまいを覚えた。一〇分ほど座り込んだあと、よろよろと立ちあがり、道路の端を歩いて自宅にたどり着いたが、目の前に霞がかかったような症状は、その後六月初めまで続いた。

筑波大から東工大に移ったとき、私は電車にも乗れないほどの心身症に罹った。年間三〇〇〇時間以上働いていた〝教育・雑務マシーン〟が、七〇〇時間だけ働けばいい〝無重力空間〟に放り出されたせいである。これが治ったのは仕事が増えて、〝研究・教育・雑務マシーン〟に戻った二年後である。

二〇一一年三月末に定年退職した私は、研究、教育、雑務の三点セットから解放された。しかし、まだ道子の介護という大仕事が残されていた。毎朝四時に起き、六時半に道子の枕元を訪れ、昼まで看病したあと、午後は執筆作業をやる。これが定年後の計画だった。

ところが三点セットだけでなく、四つ目の介護までなくなってしまったのだ。四〇年近くにわたって、あくせく暮らしてきたエンジニアは、全くやることがなくなったため、再び心身症にかかったのである。

一年前に、七つ年下の奥さんを肺がんで失った友人は、葬儀の後〝おねしょ〟をしてしまったと言っていた。老人が連れ合いを失ったショックは、それほど大きいのである。〝年をとってから連れ合いを亡くした男の六〇％は、三年以内に死ぬ〟という統計データがあるが、妻に頼り切って来た生活力のない老人は、三年以内に死んでも不思議はない。

長患いの道子は、いつ死んでもおかしくない状態で、一年以上生き続けた。私はその間に、心の準備が出来ていると思っていた。そして死んだ直後は、〝限りある命の最後の一滴まで使いつくしたのだから仕方がない、道子を残して自分が先に逝かなくてよかった、この三年余り（大腸憩室で入院したとき以外は）一日も欠かさず面倒を見たのだから、これ以上のことは出来なかった〟と思うよう務めた。

しかし葬儀が終わったあと、後悔の大波が次々と襲ってきた。〝あの時、ああしてやればよかった。あんなことをしなければよかった。この状態から抜け出すにはどうすればいいのか〟。

9　後悔

後悔というものを、〝ああすればよかった〟と、〝あんなことをしなければよかった〟の二種類に分けた時、一九年の介護生活の中で、〝ああすればよかった〟と後悔することはほとんどない。

世の中には、仕事を辞めて介護に専念する人もいる。もし十分な蓄えがあれば、そうすることもできただろう。しかし私には、それができない事情があったし、道子もそのようなことは望まなかったはずだ。

またもっと工夫すれば、毎日バナナ・ジュースを飲ませずに済んだかもしれない。しかしどれほど工夫しても、遅かれ早かれ誤嚥性肺炎は避けようがなかった。それ以外にも、〝ああしてやればよかった〟と思うことはいくつかある。しかし、出来ることは大体やったし、要求が少ない道子は、無理なことは望まなかっただろう。

一方、〝あんなことしなければよかった〟と思うことは沢山ある。その代表は、気管切開手術である。誤嚥性肺炎を起こしたときに、「肺炎が治れば管を外すことは可能です」という主治医の言葉を信じて手術を受諾したわけだが、老人の肺炎は治る見込みが無いのだから、これは道子の意思に反する〝延命措置〟だった。

いずれ誤嚥性肺炎を起こすことは、嚥下機能が落ちてきた段階で分かっていた。それを防ぐためには、胃瘻という手段があることも知っていた。胃に穴をあけ、そこから管を差し込んで栄養物を流し込む方法である。しかし道子は、食べる楽しみがなくなるという理由で、この選択肢を拒否した。

この結果、誤嚥性肺炎は時間の問題になった。脊髄小脳変性症の人たちのために発行されている、「SCD友の会」の会誌などを通じて、この病気について詳しく調べていた道子は、肺炎になったら完治しないこと、したがって気管切開手術を受ければ、二度と言葉を話せなくなることを知っていたはずだ。つまり道子は、誤嚥性肺炎を起こした時に、自分の一生は終わると覚悟していたのだ。

だからあのとき意識があれば、心臓手術のときのように、「私はもう十分に生きました。私が死んだらあなたは困るでしょうけど、諦めてね」と言ったのではなかろうか。気管切開のお蔭で、二度目の定年まで生きていたい、という希望は満たされたわけだが、私としてはそこまで頑張って貰わなくてもよかった。一年にわたって無残な闘病生活を送らせたのは、痛恨の極みである。

道子は言うだろう。「それはあなたの責任じゃないわ」と。しかし私だったら、あの苦しみに耐えることはできなかっただろう（道子の死後、私が尊厳死協会に加入したのは、延命措置を拒否する意思を明確にするためである）。

もう一つ〝しなければよかったこと〟は、介護施設に入居する前後の肉体的暴力と、言葉による暴力である。この件については、いくら詫びても詫び切れるものではない。

今思えば、コムスン撤退後のニチイ学館の大混乱と、墨田ハートランドの撤退が無ければ、あの後も自宅介護を続けて、道子の首を絞めたあと、自分も首を吊っていたかもしれない。

私は道子を愛していた。私は道子を失うことを恐れていた。毅然とした道子は、一度でも暴力を振るえば、私のもとから去って行くことが分かっていたから、絶対何があっても暴力を慎んできた。しかし五月、六月の二カ月間、私は密室の中で道子に暴力をふるったのである。

介護施設に入ったあとは、介護士やケア・マネージャーの目が光っているから、肉体的暴力を慎んだ。それに代わって、泣き叫ぶ道子を言葉の暴力でいじめた。暴力は一カ月後にはおさまったが、その後も大腸憩室で入院するまでは、しばしば邪険な扱いをした。そのたびに道子は辛い思いをしただろう。

しかしそのあと二年間、道子は一度も私を詰ることはなかった。そして、「あなたを愛しています。もっと早くから甘えていればよかった」とまで言ってくれたのである。この言葉に私はどれだけ救われただろうか。

東工大時代の同僚だった中川教授は、毎日欠かさず介護施設に通う私に向かって、「毎日行くのは何か後ろめたいことがあるからでしょう」と言ったが、まさに図星である。

中学以来の親友は、週に三回お墓参りをする私に向かって、「そんなに頻繁に行くと、おいで、おいでされちゃうよ」と注意してくれた。それでも私は、週に二回はお墓参りに出かけて、お花を供えながら、あのころのことを詫びているのである。

独居寡夫は毎朝四時に起きて、軽い朝食を摂り、五時前に散歩兼買い物に出かける。かねて、しゃれのつもりで使っていたステッキをつきながら。東京大空襲のあと、一万三〇〇〇人の遺体を埋葬したという錦糸公園で屈伸運動をやった後、二四時間営業のスーパー・マーケットに行き、売れ残りの魚やお花を買ったあと、六時過ぎに家に戻る。

なるべく丁寧にお花の手入れをやり、お線香をあげたあと、その火が消えるまで道子の写真と向き合う。そのあとは、ラジオを聞きながらもの書きに取り組む。

ほかにやることがないので、一日一〇枚、年三〇〇〇枚という目標を掲げた。実際には、一〇枚以上書ける日もあれば、二枚しか書けない日もある。平均すると、一日六～七枚が限界だった。しかし、作家の小川洋子氏が言うように、書き始めたものは最後まで書かなくてはならない。そして原稿が完成すると、道子の遺影の前で朗読した。

五月の納骨式の頃は、まだめまいが続いていた。しかし、七月の新盆法要のときには、かなり回復していた。そのきっかけになったのは、ショーペンハウルが、〝死んだ人は、たとえ姿は失われても、夢の中で何度でも会うことが出来る。夢と現実は、実用面で違うだけで本質は同じだ〟と書いていたのを思い出したことである。

〝道子は骨になって、お墓の中に入ってしまった。しかしそれは、渋谷区西原にあった本籍地が、墨田区本所に移っただけで、現住所は錦糸町にあって、今も依然として私とともにこのマンションに住んでいる――〟。

実際、優しい笑顔で私を見ている写真を前にして、私は道子がそこにいると思うことが出来た。問いかけに言葉を返してはくれないが、それは実用面が違うだけで、実際にそこにいるのと同じではなかろうか。

もともと道子は、口数が少ない人だった。いつも私が一方的に話しかけ、道子はイエスの時は「そうね」、ノーのときは「そうかしら」と言うだけだった。答えを返してくれないこともあったが、そばにいるだけで安心だった。

だから、そばにいると思うことが出来れば、これからも生きて行けるのではなかろうか。実際私は、道子が言葉を話せなくなった後も、一緒に過ごしているだけで、十分に幸せだったのである。

四九日法要が終わったあと、私は親しい友人に、道子が一九年の闘病の末に逝ったことを報告した。八月に入ると何人かの友人が、連れ合いを亡くした老人を慰めるために、食事に誘ってくれたが、予想以上に元気な老人を目にして拍子抜けしたのではないだろうか。

道子は今も私と二人で、お気に入りのお城に住んでいる。お墓は本籍地に過ぎない。だから、そんなに頻繁に行ってもどういうことはないとは思っても、歩いて二〇分ほどのところにお墓があるのに、行かないのではもったいない。家から三分のところでバスに乗れば、一〇分もせずにお寺の前に着く。

道子が「お墓を買って欲しい」と言った理由が分かったのは、この時である。自分が欲しいから買ってほしい、と言ったわけではない。お墓がないと私が困ると思ったからだ。

〝散骨して痕跡がなくなってしまえば、自分を頼りにしている夫は、生きる力をなくしてしまう。自分の死後も夫が生き続けるためには、せめて形がある骨としてそばにいてやる必要がある。お墓が遠ければ、たまにしか来ないかと言えば、そうとは限らない。私はそれでも構わない。でもあの人なら毎日来るだろう。そんなことをしていれば、くたびれて直ぐに死んでしまう。近所にお墓があれば負担は少なくて済む——〟。

道子が、自宅から歩いて行けるところにお墓を買ってほしい、と言った理由はこれなのだ。なんという深謀遠慮！　義姉が言っていたとおり、「道子は何も説明せずに行動する。そしてその行動はいつも適切だった」のである。

道子が死んでから、既に五年近い月日が流れた。この分であれば、あっという間に六年経ち七年経ち、そのうちお迎えがくるだろう。妹のあとを追うように逝った義姉は、「その考えは甘いわよ。これから先が大変なんですよ」と言っていたが、果たしてそうだろうか。

確かに私は長い間、精神面でも実用面でも道子に依存して暮らしてきた。しかし難病を発症してからは、実用面で依存することは出来なくなったから、何でも自分でやった。誰かが言っていた。「どれほど嫌なことでも、慣れてしまえば平気でやれるようになる」と。

掃除は嫌いだ。ゴミ出しもやりたくない。マンションの理事会に出ることなど、まっぴらごめんだ。しかし慣れてしまえば、どうということはなくなった。食事作りや皿洗いも、道子を介護しているうちに慣れた。だから道子が居なくなっても、実用面で困ることはほとんどない。

一方、精神面で強く依存し続けていた私は、道子が居なくなったら生きていけないのではないかと思っていた。何かあっても、相談相手になってくれる人はいないのだ。しかし考えてみれば、私はこれまで道子（や子供たち）に、〝厄介な〟相談事を持ちかけたことはほとんどなかった。簡単な問題は相談するまでもない。本質的な問題は自分で解決するしかない。

道子は、私がやることに異を唱えることはほとんどなかった。異を唱えたのは、子供の教育に関することくらいだ。私が決めるべきことについては私に任せ、それに従ってくれたのである。つまり私はこれまでずっと、自分が思うとおりにやってきたのだ。

「私は子育てをやりますから、あなたは自由にやってください。ただし、私たちの生活は保障してくださいね」という言葉の通り、母親を手こずらせた夫には、自由にやってもらうのが一番だと思っていたのだ。

単身でスタンフォード大学に留学するときも、電力中央研究所を辞めた時も、ウィーンに単身赴任した時も、パデュー大学に単身赴任した時も、筑波大から東工大に移った時も、そして堅気のエンジニアが忌避する金融工学の研究を手がけた時も、ソフトウェア特許裁判を起こした時も、一切口出しなかった。

だから今生きていたとしても、道子は私がやることに口出ししないだろう。そして難しい相談を持ちかけても、「それは自分で決めることじゃないの」と言うに違いない。だから、〝赤信号は渡らない、あまり無理をしない、飲み過ぎない〟の三原則を守りさえすれば、自由にやらせてくれるだろう。

これから先、体力と視力が続く限り本を書き、書きあがるたびに朗読して意見を聞くことにしよう。これまでに書いた本について、道子は合格点をつけてくれた。〝文は人なり〟という言葉がある通り、文章は各人固有のものだから、練習しても大してうまくはならないが、（脳みそが不調をきたさない限り）下手になることもない。

だからこれから先も、道子は私が書いたものに合格点をつけて、「この本は売れるわよ」と言ってくれるはずだ。この言葉に対して私が、「そんなに売れないよ」と答えたのは、売れなくても構わないと思っていたからである。〝私には研究・教育という本業がある。もの書きはその合間にやるものだ。大学から月給を貰っているのだから、本が売れなくても生活に困ることはない――〟。

しかし今や、もの書きは私の本業になった。本業である以上、これまでのようにおっとり構えているわけにはいかない。その上私には、本気にならざるを得ない理由がある。

自分一人だけであれば、年金だけで生活は成り立つが、娘の介護費用がある。今のところは、年に一五〇万円程度で済んでいるが、これから先は倍くらいかかるかもしれない。そうならなくても、さしあたり年間二〇〇万円以上の赤字である。〝破産しないためには、せっせと本を書いて、年間二〇〇万円以上稼がなくてはならない〟。

死後五年を経た今、道子は私を困らせないように、定年を迎えたらすぐに死ぬ計画を立てていたのではないか、と思うようになった。呼吸が止まって死んだのではなく、自ら呼吸を止めたのではないだろうか。

四年前に私が暴力をふるった時、道子は口の中にタオルを詰めて死のうとした。身体の自由が利くうちは、意思が強ければ自ら命を絶つことが出来る。では身体を動かせない人が、自分で死ぬことは出来るだろうか。普通に考えれば不可能だが、道子なら出来たかもしれない。

道子は「きっと売れるわよ」と言ってみたが、実際には売れないだろうと思っていた。そして書いたものが売れなくても困らないように、自ら命を絶ったのではないだろうか。かくなる上は、何がなんでも売れる本を書いて、道子に報告しなくてはならない。「君の予言は当たったよ」と。

毎朝私は、九年前に健一が山荘で撮った道子の写真と向き合っている。優しい微笑みを浮かべている写真を見ていると、本当に道子がそこにいるように思えてくる。

結婚したころの道子は、今にも死んでしまいそうな女だった。道子は「私はいつ死んでもいいの」という恐ろしい言葉を発して、私を震え上がらせた。

恐れていたのはそれだけではない。ずんぐりむっくりの私と、モデルのようにスタイルが良く美人の道子は、釣り合いがとれない夫婦だった。だから、ある日魅力がある男が現れて道子を奪っていくのではないか、と恐れていたのである。

一つ目の恐れは、結婚二年目に健一が生まれてから消えた。〝全力で子育てに取り組んでいる人が、いつ死んでもいいと考えているはずかない〟。道子は、大地に足が着いた母親になっていた。

ところが、二つ目の心配はなかなか消えなかった。二人の子供がいれば離れて行くことはないだろうと思っても、自信がない私は、道子を別の男に取られることを恐れていたのである。

この恐れが薄らいだのは、道子が「もう一人子供が欲しいの」と言ってからである。〝三〇代半ばの女が、もう一人子供が欲しいと言うからには、別の男に奔るようなことはないだろう――〟。しかし人生に〝絶対〟ということはない。用心深い私は、万一のことが起こらないように細心の注意を払っていた。

五〇代に入って心室頻拍を発症した時、私は道子が別の男に取られることはないという確信を得た。その一方で、道子が明日にも死んでしまうのではないか、と恐れるようになった。二つ目の心配がなくなった代わりに、一つ目の心配が戻ってきたのである。

そして、脊髄小脳変性症に罹っていることが分かった時、一〇年後には〝確実に〟この世からいなくなる、ということを知ったのである。私が二つのことを心配せずに暮らしたのは、裕二が生まれた一九七六年から、道子が心室頻拍に罹った九二年までの一六年間に過ぎなかった。

では道子はどうだったのか。私は確信を持って言える。健一が生まれた一九六四年から、心室頻拍に罹る九二年までの二八年間は幸せだった、と。心室頻拍に罹ったあとも、脊髄小脳変性症を発症する九五年までは、幸せだったはずだ。

裕二が高校に入ったあと、「育児はもうおしまいにするわ」と漏らしていたが、道子は三〇年以上幸せな生活を送ったのだ。病気になったあと道子が何を考えていたか、私には分からない。一言も泣き言を言わなかったし、私も役に立たない慰めの言葉は言わなかったからである。

辛い毎日を送っていたのだろう。しかし道子は、苦しさや悲しみを表には出さなかった。今更ながら私は、道子が私ごときは足元にも及ばない、強く賢い女だったと思うのである。

道子は、私に完全な自由を保障してくれた。指図したのは、〝赤信号を渡るな、飲みすぎるな、無理するな〟の三つだけだった。赤信号を渡れば、車にはねられるかもしれない。飲み過ぎれば、駅のホームから転げ落ちるかもしれない。無理すれば、病気になるかも知れない。つまり私が死んだら生活に困るから、気をつけてくれということだ。

私にとって、道子はそばにいてくれさえすればよかったのと同様、道子にとっても、私はそばに居さえすればよかったのだ。

極貧生活を経験した道子が最も恐れていたのは、〝貧乏〟だった。最初の二年は別として、私は四六年にわたって、道子の生活を保障することが出来た。欲がない道子は、子供たちと貧乏せずに暮らせれば、それで幸せだったのだ。

道子は子供たちの面倒を十分に見た。また私との約束を守って、定年になるまでそばにいてくれた。告別式の時に坊さんは、「四九日の法要が終わるまでは、死人の魂は成仏できずに、彼我の境を漂っている」と言った。しかし道子に関して言えば、そのようなことは〝絶対に〟あり得ない。道子は、やるべきことはすべてやり終えて旅立ったのだから。

言葉が話せたら、道子は言っただろう。「そうよ、その通りよ」と。

あとがき

妻の死後、私は雑事に紛れながら、一日一日を生き延びた。しかし、二カ月ほどしたところで、何もやることがない〝真っ白な〟時間が襲ってきた。

筑波大から東工大に移って、何もやることがなくなった私は心身症になった。心身症が高じれば、うつ病になる。うつ病は死にいたる病である。あのときうつ病にならずに済んだのは、突然大量の仕事が降ってきて、真っ白な時間がなくなったからである。

今回はどうか。研究、教育、雑務はすでに卒業した。買いもの、食事の支度、仏壇の手入れ、掃除、洗濯、ゴミ出しなどの家事は、二時間もあれば終わる。独居寡夫には、やらなくてはならない仕事が少ないのである。本を読もうとしても、妻の記憶がブロックするせいで、全く頭に入らない。

要介護五の娘を見舞う仕事はある。しかし、あまり頻繁に行くと迷惑するだろう。ウォーキングに出かけても二時間が限度だし、毎日お墓参りに行くのは異常だ。このままではうつ病になる。そうならないためには、どうすればいいか。

この際、頭の中を占領している妻の記憶を、外部記憶装置の中に吐き出してみてはどうか。こう考えた私は、妻の死後三カ月目から、この原稿を書き始めた。

最初に書いたのは、介護施設に入居してからの物語（第二部）である。毎日一〇時間近くキーボードを叩いたおかげで、一カ月後には（四〇〇字詰め原稿用紙）一八〇〇枚の原稿が出来上がった。この時点で心身症はかなり改善されていた。

しかし、何もしないとまた悪くなるかもしれないので、間髪をおかずに第一部の執筆に取り掛かった。二カ月後には、この部分もひとまず書き上がった。

妻の記憶を紙の上に吐き出したおかげで、頭の中のもやもやは薄らいだ。うつ病にならずに済んだのは、この原稿を書いたおかげである。

そのあと二年間、私は様々な原稿の執筆に取り組んだ。数冊の本を出したあと、久しぶりにこの原稿を読み直してみた。出版を念頭に置いたものではなかったので、内容は生々しすぎた。高名な作家や学者が書いた介護記録や、亡くなった妻に対する追悼録の中には、〝あれほどの人物がこのような文章を書いたのか〟と絶句するものがある。このままの形で公表すれば、友人たちは、〝あいつがこんな文章を書くとは〟と驚くだろう。

しかし、抜本的な改訂を施せば、現在介護生活を送っている人や、これから先介護に取り組まなくてはならない人にとって、参考になる部分もあるのではなかろうか。

一九年に及ぶ介護生活には辛い時もあったが、今考えれば、私の人生の中で最も人の役に立った仕事は、研究でも教育でも、ましてや雑用でもなく、妻の介護だったような気がする。

仕事と介護を両立させるのは、とても難しいことである。それができたのは、いくつもの幸運に恵まれたおかげである。

第一の幸運は、大学という、時間に縛られることが少ない職場に勤めていたことである。大学教授は（少なくともこれまでは）、ある程度の研究成果を上げ、何科目かの講義を担当し、会議に出席し、ある程度の雑用をこなし、〝悪事に手を染めなければ〟、それ以外の時間は自由に過ごすことができた。

私の場合、東工大時代は研究・教育に全力投球し、雑用も人並み以上にやった。したがってこのころは、年に四〇〇〇時間働く〝モーレツ教授〟だった。中央大学に移ってからは、年に二〇〇〇時間しか働かない〝平凡教授〟に、そして二度目の定年を迎えるころは、必要最小限のことしかやらない〝怠けアリ教授〟になった。この結果、年四〇〇〇時間を介護に廻すことが出来たのである。

第二の幸運は、介護に充当するお金を残しておいたことである。

老後は子供たちに負担をかけたくないと思っていた私は、どうしても使わなくてはならないお金（教育費、月々の生活費など）以外は、将来のために貯金した。

ゴルフをやれば、一回につき三万円は消える。月二回やれば年に七〇万円、三〇年なら二〇〇〇万円を超える。競馬、競輪などの賭けごとに手を出せば、この倍くらいの出費があってもおかしくない。これらに費やされたかもしれないお金のほとんどが、介護費用に廻ったのである。

妻が一つ目の難病を発症してから、私はそれまで以上に用心深くなった。幸いなことに、上の二人の子供たちは早々と成人して、お金が掛らなくなった。このため、講演料や原稿料などの臨時収入を貯蓄に回すことができた。また、四〇代後半から資産運用理論の研究に携わったおかげで、（利息が限りなくゼロに近い）銀行預金を上回る収益を手に入れることができた。

もう一つ幸運だったのは、本文中にも書いたとおり、難病が進行する前に、介護保険法が成立したことである。『物語介護保険（上、下）』（大熊由紀子、岩波書店、二〇一〇）を読むと、多くの人の粘り強い努力によって、この法律が成立したことが分かる。

介護保険法と介護職員の献身的サービスがなければ、私の介護生活は破綻し、後期高齢者になることは出来なかっただろう。

最後にもう一つ。この本を読まれた人の中には、なぜ私が家族（息子たち）の助けを借りなかったのか、と怪訝に思う方もおられるだろう。しかし、私には独力でこの仕事をやり遂げるための条件が整っていたし、遠方に住む息子たちに協力を求めるのは現実的でなかったからである。

新聞の身の上相談欄には、親の介護、夫の介護、妻や子供の介護などに関する相談が溢れている。しかし恋愛、結婚などの相談に比べると、介護に関する相談には難しいものが多い。その理由は、（若者の）恋愛や結婚と違って、（多くの場合老人の）介護は千差万別だからである。介護する側とされる側の年齢、経済状態、それまでの人間関係、そして介護環境などによって問題は異なるからである。

介護は当事者の考えや周囲の状況を勘案して、各自が対処するしかない難事業である。したがって、すべての読者に当てはまるアドバイスを記すことは不可能に近いが、老爺心ながら参考になる（かもしれない）ことを二つだけ記しておこう。

老人の死亡原因の第三位は肺炎である。また、院内で発症する肺炎の三分の二は誤嚥性肺炎だという調査結果がある。重症の誤嚥性肺炎は、気管切開を受けなければ死亡する。しかし気管切開しても、（体力が衰えた）老人の肺炎は完治しない。

気管切開した老人は、二～三時間に一回痰の吸引を行わなければ窒息死する。たんの吸引は簡単な処置であるが、処置を受ける側はとても苦しいようだ。

本文中にも書いたとおり、誤嚥性肺炎に罹った高齢者に対する気管切開は延命措置である。延命措置としての気管切開は、断った方がいい。

要介護度が高くなるにつれて、介護の辛さは増していく。しかし最も辛い時間は、それが終わった時にやってくる。〝伴侶を失った老人は、三年以内に六割が死ぬ〟というデータが示す通り、独居寡夫は後悔と空白の時間に耐えられないのである。元気なうちに、独居寡夫を襲う空白をどのように埋めるかについて考えておくことを、強くお勧めする次第である。

この原稿の改訂作業を始めてから、そろそろ二年になる。その間に、何人かの友人に原稿をお読みいただき、様々なアドバイスを頂戴した。これらの方々と、この原稿の出版にご尽力下さった青土社の菱沼達也氏に厚く御礼申し上げる次第である。

二〇一五年一二月

今野　浩

著者　今野浩（こんの・ひろし）

1940年生まれ。専門はORと金融工学。東京大学工学部卒業、スタンフォード大学OR学科修了。Ph.D., 工学博士。筑波大学助教授、東京工業大学教授、中央大学教授、日本OR学会会長を歴任。著書に『工学部ヒラノ教授』、『工学部ヒラノ教授の事件ファイル』、『工学部ヒラノ教授のアメリカ武者修行』（以上、新潮社）、『工学部ヒラノ助教授の敗戦』、『工学部ヒラノ教授と七人の天才』、『工学部ヒラノ名誉教授の告白』、『工学部ヒラノ教授の青春』、『工学部ヒラノ教授と昭和のスーパー・エンジニア』、『あのころ、僕たちは日本の未来を真剣に考えていた』（以上、青土社）、『ヒラノ教授の線形計画法物語』（岩波書店）など。

工学部ヒラノ教授の介護日誌

2016年2月25日　第1刷印刷
2016年3月10日　第1刷発行

著者――今野浩

発行人――清水一人
発行所――青土社
〒101-0051　東京都千代田区神田神保町1-29　市瀬ビル
［電話］03-3291-9831（編集）　03-3294-7829（営業）
［振替］00190-7-192955

印刷所――ディグ（本文）
方英社（カバー・表紙・扉）
製本――小泉製本

装幀――クラフト・エヴィング商會

Printed in Japan
ISBN978-4-7917-6911-7　C0095